郁金香书系

家国女人
women in family and country

李小江 著

南京师范大学出版社

前言：家国与天下

"天下"在女性辞典中是一个全新词汇。

曾经，女人是属于家庭的，她与国族的关系一总经由家庭或男人为中介间接体现出来，不论阶级、肤色，无人能够幸免。因此，女权主义不仅力在摆脱男人的控制和男权压迫，也在挣脱家庭和国族对女人的束缚。

今天这个世界上，"现代化"颠覆了传统家庭的稳定性，"全球化"模糊了祖国和民族的界限，女人更像是个人的或个性化的，属于"天下"而无关家国是非——当真么？

我不以为然。

我不相信没有家国的女人能够拥有天下，也不相信没有家国意识的女人能够拥抱世界。在"20世纪（中国）妇女口述史丛书"①总序中我曾刻意强调：

> 女性学者的学术关怀不仅应该是女性的，也应该是历史的。无论过去还是今天，女性"故事"都不过是大历史的组成部分，女人的声音不可能超越时代而卓然出群。尤其对中国妇女而言，一个多世纪以来，女性的苦难之外确实还有沉重的国难和家难，妇女权利之上还有民族存亡和阶级压迫问题，平等的议题中还有于全社会都十分要紧的政治民主和经济贫困问题。

于此，中国女人已经做出了自己的历史反应：很大气，很壮阔，无论女权主义怎样启发和诱导，其立场依旧更像是"民族的"和"社会的"而不尽是女性的。这种品质不仅体现在近代中国妇女解放历程中，也是"新时期妇女研究运动"的一个重要特点。

---

① 李小江主编：《让女人自己说话》，见"20世纪（中国）妇女口述史丛书"（四卷本），三联书店2003年。

以下文字及相关情愫来自现实的社会运动和海内外实地考察,点点滴滴,字纸像雪片,散落在那时那地的日记或笔记中,与其看它们是随笔散文,不如看作亲历者的一份证词,为历史"事件"灌注鲜活的生命气息。

李小江
2011 年 9 月 28 日

目录

前言：家国与天下 / 1

家国女人——有感"新时期妇女研究运动"

1 女"性"的觉醒 / 3
2 走向女人 / 7
3 女界与学界 / 10
4 我的1980年代 / 13
5 无根的难堪 / 19
6 寻找精神家园 / 23
7 你从哪里来？/ 27
8 马克思的"帽子" / 33
9 "女子与家政"的风波 / 38
10 水深火热 / 42
11 我也很敏感 / 46
12 性别与学问 / 51
13 女性冲击波 / 57
14 女权与人权 / 61
15 边角料 / 65
16 完美与中庸 / 68
17 你认同什么？/ 73
18 为什么没有嫉妒？/ 77
19 哈佛风波 / 93
20 CHINESE WOMEN（中国妇女）/ 100
21 为什么"我不是……"？/ 109

22 在"女性言说"背后 / 114

23 学术自画像 / 117

同一蓝天下——采撷"海内外考察笔记"

1 爱情信物 / 121

2 绿色人生 / 124

3 别样姐妹情 / 127

4 女人读书 / 130

5 为和平值班 / 133

6 建香"老娘" / 136

7 富士山林中的歌声 / 139

8 热娜的"提案" / 143

9 一个天你都撑得起! / 146

10 芭比的启示 / 148

11 城市中的乡间小道 / 151

12 雪莉妈妈的骄傲 / 153

13 怀念 Janet / 156

14 平等就是一般高 / 159

15 "森之家"的巫女 / 162

16 到北京去结婚 / 165

17 "龙旋风"的柔情 / 168

18 走自己的路 / 171

19 "女权主义"信息 / 173

20 祖母们的故事 / 176

21 孟加拉印象 / 180

22 阿信的日本 / 183

23 好样的多丽丝·莱辛 / 186

24 俄罗斯情结 / 189

25 东方与南方之间 / 192

26 山海家园 / 196

27 两个姑娘 / 200

28 山里"书妹子" / 203

29 信仰的力量 / 207

30 我们有座妇女博物馆 / 211

31 安耐特·鲁宾斯坦 / 216

32 拜谒爱因斯坦 / 220

33 挚友 / 224

代跋:救赎与启蒙 / 228

家园女人

——有感"新时期妇女研究运动"

新中国建立后，至少两代中国知识女性是在一个脱离了历史常轨的特殊环境中造就出来的，可谓"新中国女儿"——我是其中一员。

我们享受了那个时代那种社会条件下所能给予的一切平等，无论福利还是灾难。在"全国山河一片红"的毛泽东时代，厚重的历史传统在大革命的洪流中隐身消退，无产阶级在排斥资产阶级的同时也极端排斥封建主义的种种表现。所谓"封建"，在中国人口语中曾有鲜明的性别含义，它并不影射政治，特指某人在男女关系上不开明——我们一代新中国女性，就是在这种特殊的历史氛围中走上社会，进入了一个全新的解放时代。

1. 女"性"的觉醒

我的童年和少年时代基本是在校园中度过的。要么住校,要么回到仍是校园的家。父母从一个大学调到另一个大学任职。虽说我跟着他们从南到北,领略了各地风光,结识了许多朋友,却仍然是从校园到校园,与世俗生活有相当距离。

在一个"平等"的社会环境中,要自觉认识自己的性别身份是有困难的。我知道自己是女人,却不认为"她"有什么特殊含义,不知道"她"与男人有什么不同。在当时,如果有人提出要搞妇女研究,我自己恐怕就是最激烈的反对者之一。

小时候的我比一般男孩子还"野",喜欢爬树、翻墙、打弹弓,不喜欢穿鞋,更不喜欢梳头……回想起来,当年的爱好和行为并没有刻意模仿男孩子的意图,而是出自不愿受约束的天性。成年乃至中年以后,尽管在女人的道路上已经走出很远,这种天性和爱好依然如故。

在我,女性意识的觉醒是和"性"的觉醒一同萌发的。它的强烈反应就是极端鄙视女性,决心与"女人"分道扬镳。1980年代,许多素不相识的女子来信,说她们曾有过和我极为相似的体验和心理历程。是这些声音鼓励了我,促使我自觉地在自己的经历和感受中体味我们一代女性的甘苦。

有几件事曾经深深地震撼了我。

小学毕业时,班上两位年龄较大的女同学不再报考初中,她们要去纺织厂当工人。这使我感到悲哀。可她们自己的态度却完全不同,其中一位反倒劝我:"算了吧,我早就不耐烦读书了。女孩子读那么多书有什么用?将来总要结婚,要生孩子,永远赶不上男的。这是天命。"

那是一个月夜。

我们七八个住校的女同学坐在操场摇椅上,没有人说笑,像送葬一样沉寂。我想说"我不信",但什么也说不出来,只是紧紧地咬住嘴唇,心里暗暗发誓:"我一定要超过班上所有的男同学,一定要让你们看看!"嘴唇咬出了血,至今仍然能感到那一股咸涩的味道。

上中学时,班上大多数女生来了月经,我们说它是"倒霉"。逢到"倒霉"的女生,体育课可以不上,劳动课可以请假。男同学议论纷纷,在评"三好学生"时也会多出一条意见:娇气。那时,我是站在男同学一边的。我以为,女孩子应该争气,不应该因为这点小事就特殊。为此有女同学说我:"她自己没'倒霉',所以唱高调。"

我的月经初潮是在一个异常的日子。

1966年深秋,"文化大革命"已经开始了。那一天,父亲被红卫兵拉去游街……我像往常一样悄悄走在街道旁边的人群中,远远看着父亲。不知为什么,他站住了,立刻有人吼他推他,将一大瓶墨汁从他头上浇下来……那一刻,我心里陡然一紧,想冲上去,就在这时,小腹剧痛,一股热流顺着大腿滑下来……我突然悟到这意味着什么,泪水禁不住流满了面颊。一时间,黑色的墨汁和红色的血仿佛交织在一起,无情地将我抛掷在做女儿的愤怒和做女人的屈辱中——那时,我恨自己生为女性。

从那时起,在"性"的觉醒中我开始自觉地学习男人,阅读伟人传记,学习像拉赫美托夫①那样磨练意志。狂风中偏偏去站风口,一站就是几个小时。三伏天暴晒,三九天游泳。下乡以后也是这样。尽管我过去几乎没有干过任何活儿(甚至没干过家务),却偏偏要

老"知青"走在回乡路上

和男社员们一起干最重的体力活儿:担稻捆上垛,摇耧种麦子,村里沿袭千年的"女性禁忌"几乎都被我破了。冰天雪地里挑上一百多斤的水桶,无数次滑倒,无数次从山坡上

---

① 拉赫美托夫是19世纪俄国民粹派作家车尔尼雪夫斯基的小说《怎么办?》中的男主人公。此书是列宁最喜爱的作品之一,"文革"期间曾在中国知识青年中广为流传。

家国女人——有感"新时期妇女研究运动"

连人带桶滚下去,衣服湿透了,肩膀早已磨烂,可我从没有因此流过一滴泪……我在向命运挑战,向性别挑战。读过欧文·斯通的《马背上的水手》之后,我开始像杰克·伦敦那样刻苦自学。无论在农村一日三晌田间劳动,还是当工人以后白天工作晚上赛球,坚持自学,每天只睡五六个小时,十几年如一日。在那个年代,许多男同学也难得顶下来,我却顶住了,像后来被人称作"老三届"中的精英一样,用自己的肩膀撑起了自己的命运,撑过了一个濒于崩溃的时代。

1979年,我以仅有的八年学历考上了研究生。

我的经历证明,在声张男女平等的社会里,女人的确可以像男人那样努力奋斗;只要奋斗,她也可以取得和男人一样的成就。当社会生活逐渐走上安定的轨道,就像在灾难中不曾因为身为女性而受到优待,我也没有在学习和工作中受到任何难以承受的性别歧视。读完研究生,当了大学老师,又在众多老资格的男讲师之前破格晋升了副教授和教授——到了这个层次,性别干扰似乎越来越少,仿佛完全可以超然于性别之上去做纯粹客观的学问——然而,就是在这时候,我却把全部热情和精力倾注在学界无人关注的妇女身上,单枪匹马地走上了研究女人的道路。

2. 走向女人[①]

将我逼上妇女研究道路的,不是社会,不是十年浩劫,也不是职业,而是女性的生活道路,它几乎可以看作是一件自己的私事。

1975年我结婚了——我原是决计不结婚的,可是我恋爱了,它导致我心甘情愿与另一个人生活在一起。1977年我有了一个儿子——结婚时我还表示不要孩子,可不久就强烈地需要一个孩子来求证我们的爱情。我万万没有想到,正是婚姻和生育,几乎改变了我的整个生活和心理世界,向我十分珍爱的独立人格提出了挑战。我很快就感到,在一个亲密的家庭中,真正独立的人格实在是难以维持的,恋爱中的女人甘愿自己将"独立"奉上爱的祭坛。在孩子的

[①] 本篇部分章节曾在《走向女人——中国(大陆)妇女研究纪实》(香港青文书屋1993年)发表。收录在这里的均有修订或删改。

啼哭声中,在琐碎繁忙的家务劳动中,做事业的意志不得不让位给过日子的本能,刚烈的秉性不得不向忍受生活的韧性低头——于是,我落进了一个陷阱,一个历史的女人的陷阱。

婚后,如果仍然以过去那种独立的行为方式和价值标准要求自己,我感到处处是障碍:丈夫和孩子,家务和家人……统统是障碍,它们占据了我的精力和时间,妨碍我随心所欲地独立行动。然而,要我放弃,心却一百个不愿意——我像世世代代传统的女人一样执着于爱,执着于自私的爱情和无私的母爱。这是命运,一个典型的东方女人的命运。不愿放弃,就要背起。当我决定自觉地背起这种命运,又感到落进了一个新的陷阱,一个双重角色、双重负担、双重人格的当代女性的陷阱——我和我们这一代女性都在这个深井中挣扎,没有呐喊,没有反抗,没有人引诱你进去,也没有人召唤你出来,一切都像是自然的。双重角色引来双重标准,像双刃剑,将女人割裂了,使我们无论在家庭中还是在社会上都无法找到一个轻松自在的自我。

生活对女人似乎很不公平。

为什么偏偏要女人来承受这一切?

没有人给出让人信服的答案,因为有资格回答问题的总是男人——他们其实不懂女人,尤其不懂得今天的女人。而女人,我们自己,却将这些疑虑深深地埋在心底,或是浪费在无尽的唠叨和怨声中,唯恐在"男女平等"、"妇女能顶半边天"的社会中露出女性的马脚。

我不得不承认,在熬夜读了那么多书之后,最无知的领域却是女人。我感到懊恼。这种懊恼逼人振作,促使我放下其他一切工作,掉转头去寻女人的"根"。只是这时候我才吃惊地发现,女人在历史和在学问中,如同在我心中,也是一个巨大的未知!这个未知悬在我们头上,愚弄我们的行为,捉弄我们的命运,使我们并不轻松的人生变得更加沉重。

我想知道,女人为什么活得这样艰难这样屈辱?在男女平等的时代,女人为什么仍然这样劳累这样压抑?现实的女性生活帮助我正视了男女差异,但我想要知道:生理上的性别差异为什么导致"男强女弱"的价值定格延续至今?

既然生为女性不得不承受一个女人的命运,就应该坦坦荡荡挺起腰杆来正视自己身为女性的存在和价值。这种价值曾经失落在历史中,早已在社会的价值天平上贬值。我想把它们找回来,不是为了做学问,而是为了找回自己。

教训和经验都告诉我:身为学者,只有找回做女人的自信,才有可能以一个女性学者的身份去做任何有关人的学问。

3. 女界与学界

我曾经期待女界和学界的支持,没有想到,妇女研究的阻力最早恰恰来自女界和学界。

中国妇女的组织代表是妇联。

过去,我根本没有意识到妇联的存在。刚刚开始从事妇女研究的时候,我以为妇联那里应该有现成的答案,至少应该有现成的资料。1980年代最初几年,我给全国妇联去信寻找资料,给一些女界领导人去信呼吁妇女研究,一封二封三封……一如石沉大海。但是,当我自己的第一篇有关妇女的论文①公诸于世时,女界骚动了,不绝于耳的是"大批判"的声音。

在中国,学术讨论难得不加进政治色彩,小有权势的人总是企图用权力改写真相。幸亏妇联在社会上实际是无权的,也幸亏各界仍然轻视妇女轻视妇联,才使得妇女研究得

---

① 《人类进步与妇女解放》,发表在中国社会科学院马列所主办的《马克思主义研究》1983年第3期。

以在权力的缝隙中找到一线生路。同时也庆幸,改革以后妇联自身加入了新鲜血液,许多年轻知识女性进入妇联,有的做了中层干部,有的是编辑记者,她们真诚地热心于妇女工作而不仅仅是做女人的官,为我的工作提供了许多组织、宣传和道义上的帮助。

另一种阻力来自学界。

与女界的敏感相反,学界的反应是长久沉默,以冷漠的态度表示出对妇女及妇女研究的极度轻视。特别是那些在改革中率先革新的中青年学者,过于关注大世界、大学问、大社会、大写的人,下意识中把来自妇女的声音当作封建时代弱者的呻吟。这种现象不由我不为这一代男性悲哀。当年"五四"运动中,几乎所有开明的男性思想家都曾在妇女解放问题上做文章(如鲁迅、沈雁冰、陈独秀、李大钊等),而改革大潮中的男性精英多半是在学问中力图与女人划清界限的。直到1986年,中国大陆没有一个专门研究妇女的机构,没有一份妇女理论刊物,也没有任何一所大学设有专门的妇女学教学岗位和学位。

学界的轻视往往戴着一副科学面具。这是一种具有双重人格的面具,每次学术会议或每次有关女性的讨论中,我都能领教到这种两面性的力量:一面貌似抬举妇女,反对将妇女另眼相看,因而反对在认识论高度对女人做理论抽象,反对女性研究在传统学科中另立门户。1985年初春在天津召开的全国文学研讨会上,我提交的论文有关妇女文学,一位颇有影响的教授看后戏言:"文学就是文学,难道还要像男女厕所一样分开?"言外之意,想说我在学界无事生非。另一种面貌看似宽容妇女研究,认可妇女的特殊性,因而建议将妇女研究分离出去,以免干扰正常的科学秩序。

北京一次学术沙龙上,我刚做过有关妇女研究的报告,国内哲学界一位小有名气的学者立刻发难:"历史上没有女哲学家,许多大哲学家都不结婚。我不知道女性在哲学中起什么作用。"如此言说,无非是说我自作多情。

今天看去,这些困难和阻力已经成为历史。尽管女界仍然有人恃权而耿耿于怀,尽管学界的轻视仍然是普遍现象,但都挡不住妇女研究的发展大势。1990年代初期,妇女研究在中国大陆初步形成队伍,有了自己的阵地,部分学科走上了大学讲坛。无论政治局势如何,也无论经济活跃或萎缩,已经有一批学人执着于这块土地这个领域,在探索妇女史的同时力图揭晓"华夏女性之谜"①。

---

① 李小江主编:《华夏女性之谜——中国妇女研究论集》,三联书店1988年。

4. 我的1980年代

当我从一名下乡知识青年、篮球队员、普通钳工成为外国文学研究生的时候,不少记者找来要写报道,写一个女人自学成才的经历。

我像逃避瘟神一样躲开了。

我不愿无关的人介入个人生活,因而不愿过多地介入大众生活,成为这样或那样的"明星"。同时,我也不愿新闻界将我定格在"自学成才",因为我的自学更多地来自内心压力,而不是为了成才。我以为,生活和事业的选择,要么出于个人兴趣,要么迫于生存压力。在我的人生选择中,摆脱不了衣食住行的需求,但精神上的生存压力却主要来自"未知"——它制约着精神的自由。这种压力诱导了个人兴趣,使我耽迷于未知的诱惑。

在我,妇女研究既不是生活的起点,也不会是道路的终点。生在一个世纪转换的时代,悬在头上有无数个未知。它们是奴役精神的枷锁,也是引导探索者持续拓进的诱饵。

我想在探索未知的道路上深入掘进,希望自己能够亲手解开正在困惑着我、困惑着国人、困惑着现代人的一个又一个谜团:从民族国家到婚姻家庭,从我们身处的制度到世界万象……可是,自从踏进了妇女研究领域,拔脚也难。原有的兴趣和急于继续拓展的理论工作似乎成了私事,只能抽空去做。我被一条无形的绳索牵引着,迫不得已在妇女研究领域中持续拓荒。

中国有句俗话:万事开头难。

开头是压力,也是一种责任。

1980年代,新启蒙主义思潮破冰回暖,人文社会科学涅槃重生。"妇女学"在新时期的中国大陆破土而出,从无到有,与新中国女人一起成长,整体性地完成了一个历史转身:从"家/国"和"主义"的樊篱中抽身,站在女性的立场上寻找我们自己的历史和我们自己——这就是被我们自己命名的"新时期中国妇女研究运动"[①]——正是在这个过程中我日益感到:当我在妇女研究领域中拓荒建设的时候,无形中自己也变成了它的一块奠基砖石,个性特征不由分说地泼洒在大历史的画布上,家国与自我的界限其实很难划清。

1979年到1982年读研究生期间,我在西欧文学研究的基础上逐渐转向妇女文学和妇女史研究,将历史精神注

[①] 旅英学者林春(英国伦敦经济学院研究员)在1994年一篇论文中最早使用这一概念。详情可参阅李小江:《公共空间的创造》,载《身临"奇"境——性别、学问、人生》,江苏人民出版社2000年。

入文学批评,在女性/性别的学术荒原上发出了第一声呐喊,呼唤女性主体意识觉醒——如此作为,主要体现在日后结集成书的"传说"①中,开篇的追问就是:我是谁?

1983年,探索性文章《人类进步与妇女解放》发表在中国社会科学院马列所刚刚恢复的《马克思主义研究》集刊,这是1949年后大陆公开发表的第一篇妇女研究学术论文,在女界和学界产生了许多出人意料的影响——有人要否定它,企图扣上"反马克思主义"的帽子;但正是这篇文章,召集了诸多日后成为妇女研究中坚的学术力量。

1984年,我在社会调查的基础上撰写的《中国妇女解放的道路和特点》,提出中国妇女解放不同于西方女权运动,具有"立法超前"性质,是社会主义革命的产物而不是女权主义动员的结果——这种观点日后成为新老两种力量在理论上的分水岭,吸引了许多知识妇女的自觉介入。

1985年在组织及学科建设上进行尝试,硕果颇多:春天,在河南省未来研究会名下成立了"妇女学会",这是解放以来大陆第一个民间妇女研究组织。秋天,在这个学会的名义下组织了学科意义上第一次全国性学术会议,与会者来自八个省市的高等院校和科研单位,出自十余个不同专业,大多是"文革"后头两届研究生毕业的青年女学者。同年五六月,在河南省妇女干部学校王丽环校长的支持下创办"女子家政班",首次向社会公开讲授"女性自我认识"。此事也像捅了马蜂窝,遭到一些人的仇视和攻击,却赢得了

---

① 李小江:《女人:一个悠远美丽的传说》,上海人民出版社1989年。

广大基层妇女的支持。曾经就读于北京师范大学历史系的梁军女士因此转向妇女教育，利用电台、电视台办讲座，走遍全国十几个省市，为唤醒中国妇女主体意识不辞辛劳。同年9月，我在郑州大学开设"妇女文学"选修课，这是解放后妇女学专科作为正式课程首次登上大学讲台。为此，我真诚地感谢郑州大学中文系学术委员会和我的82级全体学生，他们和我共同成功地完成了这次拓荒性的探索。

1986年，我在《中国妇女》杂志发表系列文章，首次提出妇女学学科建设的理论框架。从那以后，时时可以听到许多不同意见。有人根本不同意"妇女学"这一提法，另一些人则提出不同的框架。此事引发了人们对妇女问题做科学的思考，同时也为我将要主编的"妇女研究丛书"确定选题打下了基础。

1987年3月，我在郑州大学申请建立妇女研究中心，获得批准。中国高等院校中终于有了研究妇女的专门机构。几年来，它团结和集结了全国几十所高校和科研单位的学术力量，成为中国妇女研究的基地。同年7月，该中心在河南《妇女生活》杂志社的支持和经济资助下，召开"妇女学学科建设研讨会"。自此，中国妇女研究在学科化方向上初上轨道。

1988年，首批"妇女研究丛书"问世。这是我国第一套以女性为专门研究对象的大型学术丛书，计划20～25本[①]，涉及到十余个人文学科，在不设顾问的前提下得到了河南人民出版社（时任总编辑赵璘先生和现任总编辑陈智

---

① 实际出版17种（19册），河南人民出版社1988—1992年。

英女士)的全力支持。该丛书立足中国,贯穿着东方与西方、女性与男性的比较研究,为中国妇女学学科建设奠定了较为坚实的基础。

1989年,在美国索罗斯先生提供经费、由梁从诫先生负责的"中国改革与开放基金会"的资助下,我们开始筹办《知识妇女》辑丛。知识妇女是中国妇女进步力量的代表,理当挺起腰杆,成为中国妇女发展和解放运动的中坚。正是以知识女性为中坚力量,新时期妇女研究运动才可能在短时间内形成相当规模,产生了广泛的影响力,在学界和女界都赢得了令人瞩目的一席之地。

如上年表,粗略概括了我的1980年代,浓缩了我和我的同伴们共同走过的拓荒之路。走到今天,仍在拓荒,仍然仅仅是开始。传统的复归携带着厚重的历史,总在变换姿态掣肘女性的成长和妇女研究的发展。唯一让人欣慰的是,我们已经上路,在女性/性别研究的道路上完成了"从无到有"的过渡。

以后的路或许不像起步时那样艰难,不再有那么多莫须有的压力和诽谤,但也不容乐观。我以为,在相当长一个时期内,中国妇女研究将处在学科拓展和理论徘徊的困境中:会有更多学者(特别是女学者)介入,却不能期望社会和女界有持久的响应。中国社会不能走出政治和经济困境,妇女研究就难得充分发展的空气和土壤——我们将长久处在这样的困境中。

当然,已经迈出的步伐不会停止,已经开创的事业不会凭空消失。走在这条道路上我深深感到,妇女的进步和发展,除了社会扶助之外,实在更有赖于我们自己寻求发展的愿望和坚持不懈的努力。无论顺境还是逆境,毕竟,总有一群人在这块土地上生生息息,有这样一群女人和我同命运共患难,在寻求自由的道路上,我们相互扶持。

5. 无根的难堪

我的寻根远远早于新时期的"寻根文学"。

单枪匹马,没有宣言,没有呐喊。

身为女性,自惭形秽,偏偏执着于寻女人的根,自然不敢声张。我常说一句话,引自《地道战》中日本鬼子的进攻策略:"悄悄地进村,打枪的不要!"

无根的惶惑

我寻女人的根就是这样悄悄开始的:没有打枪,因此没有多少敌人;没有战场,没有阵线,因此没有盟友,没有后援——仿佛一无所有,却能于无声中默默地占有整个世界。

心灵的动作其实从来不需要宣言。

思之痛感,并不是因为寂寞,而是来自无根的难堪。

无根与寻根都是苦的,要比较,才能鉴别出哪一种更苦。

首先感受到的是无根的痛苦。我相信,许多能顶"半边天"的女人和我一样,曾在无根的痛苦中默默煎熬。

"根"对一个人来说意味着什么呢?

倘若只是浮萍,飘泊也是一种潇洒;倘若要长成大树,无根就意味着死亡。

在还不懂得痛苦的岁月里,那是童年和少年,我只寻求知识和快乐。所有的知识和快乐几乎都是在"像男孩子"的行为中获得的,因此被人们戏称作"假小子"——这也使我快乐,甚至自豪——我不知道,在这错位的性别认同中,其实已经埋下了无根的痛苦。

少年时做一个"假小子"并不困难,难为的是身为女性的作假!

在青春期,在恋爱中,在丈夫面前,你还能是"小子"吗?

于无奈中的做女人实在是更难堪的。身心的创伤,如同古罗马战场上的残垣,千百年存留下来,无人关注,无人凭吊,封存在无以申诉的生命中,死而复生。

古今中外,有多少杰出女性曾经过"假小子"式样的少年时代?人们念叨着成功者的姓名,复写着一个成功的模式:像男人一样做人——可有谁去清点失败者的名册和那些成功者的失落?

那更是无以数计无可估价呵!

作假的心态成为无根的胎记——如同奴隶的烙印——

深深烙在每一个可能有所作为的女子自我求证的道路上：在自我成长的经历中她学会了自强，恋爱时却依旧执着地寻找比她更强的"白马王子"；在事业上她学会了比男人更加自尊自重，做事做文做学问却仍然眼巴巴地期待着男性同行的首肯和认同。社会依旧用男人的价值水准丈量人生的长度，让虚妄的功名遮蔽了女人无根的难堪和痛苦。

没有人叫苦。那是一种被窒息了呻吟的痛苦。

如此境地中，身为女人，你能走多远？

无法预测，甚至不敢想。

无根的人难得归宿。

无根的女人在男性中心世界永远是点缀和附庸。功名归于社会；属于自己的，只是一颗飘泊且充满忧怨的灵魂。

人们总在说：爱，是精神的家园，女人就是爱。

但是，女人的精神家园又在哪里呢？

因为有过"假小子"的经历，又经历了十年浩劫，我什么都敢怀疑，唯独没有怀疑历史，不敢怀疑科学。使我震惊的是，历史和科学都辜负了女人！在女人失声无语的历史上，科学戴着"公正"的面具充当着不公正的判官：它判女人缺席！

到哪里去寻找公正？

我相信，如果就此踏上寻找公正的路，我会成为一个激烈的女权主义者。如果我再年轻十岁，如果没有结婚没有孩子没有那一段如同女人的历史一样漫长的人生体验，我一定会是一个激进的女权主义者，无论前程是福是祸，在寻找公正的道路上义无反顾。

我不是女权主义者。

在我,生的难堪并不是因为无权的卑微,而是出自无根的惶惑。

寻根的旅程不能不"回头",面向历史几乎是唯一的选择。历史告诉我,公正从来就不是社会前进的动力,它难道会是女人进取的动力吗?它不断重复申诉着"存在的即是合理的"(黑格尔语)强势铁律,让我好奇:究竟是什么原因导致"不公正"在文明的历程中变成了"合理的存在"?

在浩瀚的历史和堂皇的科学面前,一个女人,实在是太卑微、太渺小、太不自量力——她竟敢向历史和科学挑战?

我挑战!

因为我深知,无论这种挑战怎样不自量力,都不会因此使我变得更卑微更渺小。当自觉认同女性的性别身份,决心涉足淹没了女人的历史长河,勇敢而坦然地面对科学的缺憾,我感到胸中正在成长起一颗巨人的心。

我以为,任何一个敢于正视自己、正视历史、正视性别差异的女性都会获得这样一颗心:比历史更博大,比科学更公正——如果没有这颗"大象无形"的巨人心,在寻根的艰难中我会一万次折回头。

6. 寻找精神家园

我从清理历史开始。

我知道,多数女学生不喜欢上历史课,绝大多数成年女子没有谈古论今的习惯。女人不喜欢历史,实在难怪。她不知道自己在历史上有多少可以称道的英雄业绩,也不知道应该怎样在淹没了女人的历史中寻找自己。

女人的历史被人为地切断了,在史书里,在博物馆,在人们的观念中。因此,我的眼睛里有两部历史,我对它们持两种态度:一种是史学,是男人撰写的历史——它曾是我的导师。我尊重它,却企图超越它。另一种是史实,是男女共存的历史——我敬畏它,它是我的上帝!

在后一层意义上,女人的历史像一口井,一眼望不到底。引向历史的每根线都牵着现实生活中的疑团,像牵着阿里阿德涅的彩线,撇开史学,径直走近自己的上帝——那里没有殿堂,只有一些曾经活跃和仍然活跃着的生命。它潜入生活,牵引思绪,帮助我审慎地阅读那部男人用文字书写的历史。

所谓疑团,也是困惑,像阴云一样压在心头,压得我们怎么也直不起腰杆。多少年了,智慧之光避开了女人,因而也一直未能真正穿透生活,未能穿透在世代相袭的岁月中积下的生之谜团——所谓"女人是谜",由此而来。

还有多少谜?

只需睁开眼睛向生活中看,向那些熟视无睹的现象看个究竟:

——为什么打天下的男人赢得荣誉也赢得世界,他因此成为世界的主人,无比高贵?为什么持守生命的女人被囚在家庭,她因此成为家庭的奴隶和男人的奴隶,无比卑贱?是谁在分工中制造奴役?是谁在性差别中安排贵贱?

——为什么所有的文明社会都沿着一个共同的模式(男外女内)走到今天?为什么男尊女卑的观念跨越地域、跨越时代、跨越民族、跨越东西方文化,无论黄肤色白肤色黑肤色,文明的人群中无一例外?莫非它就是文明的奠基石,托着人类进化的福音和灾难?

——为什么创造美神创造艺术的男人在造美活动中得到升华超越了凡俗的自己?为什么女人被观照被塑造成美却在审美活动中完全失落了自己?莫非是美的本质中已经先天地隐含着人性的剥夺、奴役和僭越?

更多的困惑来自"解放",半个世纪以来死死缠绕在中国女人心中:

——为什么男孩子刚刚懂事就可以骄傲地认同"男子汉"身份?为什么女孩子做人一定要从做男人开始?假如已经是"男女平等",我们为什么要这样做?

——为什么无论是大革命时代还是十年浩劫,破"四旧"的风暴首先扫荡女人的服装女人的体验甚至女人的生理特征?为什么我们心甘情愿争先恐后地改男人名着男人装修男人发……如果已经是"男女平等",我们为什么要这样做?

——假如已经是男女平等,女人为什么还要出嫁、还要女到男家、还要生孩子而且要生男孩子、还要生孩子的职业妇女操持家务……如牛负重的人生,难道这就是解放?

——假如这就是解放,为什么新潮涌进之后姑娘们反倒折回头去寻找传统?为什么改革开放中激发出这么多新的女人的困惑?如果"解放"是可以被剥夺的(正像它是可以赐予的),那么,究竟是谁在操持着"妇女解放"的舵盘?

……

所有这些疑团,来自生活的切肤之痛,引导我们向历史溯源,向文明溯源,向美的源头溯源,更要我们向"妇女解放"溯源。

疑团是奴役,是奴役精神的暴君。它一点点地蚕食最终要吞噬精神上的家园。我们这一代女性,曾经过无美也不能放纵爱情的青春,在寻求解放的道路上丢失了性别,最终丢失了自己。因此,我们有权利:以残破的青春的名义、以失落的女人的名义,向历史、向文明、向生活,甚至向我们自己发难。

如果不是出自女人的立场,谁会发出这样的诘难?

如果不是女人的理性觉醒,谁会发现科学竟是如此残缺不全?

如果没有中国女人的切身体验,谁会想到在"男女平等"的境遇中径自向"妇女解放"溯源?

男人在造美的过程中自我升华,企图通过女人寻找失落了的精神家园。

女人呢?

女人必须勇敢地面对自己。

只需打开心扉敞向自由的蓝天,哪里有疑团有困惑就在哪里寻根溯源。

找回失落的自己,也就找回了女人的精神家园。

7. 你从哪里来？

1980年代，有一个问题人们问得最多："你怎么搞起了妇女研究？"

记者采访，讲学座谈，无以数计的陌生朋友来信，总有这个问题如影相随。应该说，这是我回答得最多的问题。但不知为什么，每次开口都觉一阵语塞，沉吟片刻，我总是说："也许因为我是女人。"

我知道这样回答难尽如人意，因为提问的大多也是女人。

女人是太多了，而从事妇女研究的人实在是太少了。

少见便多怪。我自己常常也会感觉怪诞。少年时候的我决心跟女人划清界限，为什么如今阴差阳错地研究起了女人？

为了回答这个问题，我认真地写出了许多文字，絮絮叨叨不厌其烦地数落着妇女研究对女人、对人类、对澄清历史、对文化重建、对我自己……有着怎样重要的利害关系。

我看重理性的论述,力图从历史、从科学、从现实社会等不同角度去论证研究妇女的深远意义。理论在我这里,从来不是灰色的,要么憎恶,要么热爱,我对它们怀着强烈的感情。

我喜欢理性的生活,从来不认为理性与情感是相背离的。在我看,尼采的哲学是男人的哲学,女人不喜欢它——这倒不是因为它主张"找女人时要带鞭子",而是因为它假借哲学去论证人性的放纵,于反理性中弥漫着反人性的嚣叫。在我的理想版图上,理性尊重人性并维护人性,它是驾驭生活的缰绳,也是照亮生活的灯塔。如果它能照亮我的生活,也一定能照亮和我一样寻找真理的女人。因此,我不厌其烦地论证为什么要从事妇女研究,企图一劳永逸地回答这个影子一样的问题——遗憾的是,这个问题仍然出现,伴着猜测和流言,蔓延过整个1980年代。于是我想,不谈理论,也不谈什么重大意义,只是就事论事地回答具体问题。

说是回答,不如说是澄清。

最早的流言来自女界。

女界中人对妇女研究见怪,本身就是咄咄怪事。也许仅仅是因为"界外人"涉足了大一统的"中国妇女"领地,一阵猜疑的流言便在警觉中悄然传播:"李小江刚从美国留学回来,要在中国搞女权运动。"

事情已经过去多年了,记在这里,权且当作历史。遗憾的是,至动笔写这篇文章时(1990),我没有去过美国,甚至没有离开过本土。我的正式学历很短,短得我羞于承认自己有专业。除去上到初二的八年学历,我只读了三年研究生,在河南大学,学的是西欧文学。中外文学中浩瀚多彩的妇女群像吸引了我,唤起我的同情和共鸣,激发了我的想象,让我置身在一个跨时代、多民族的女性世界。当这个世界与现实生活融为一体,便形成了一个辽远而开阔的女性文化氛围——我从这种浓浓的文学气氛中走向妇女研究。

紫云英

还有一种传言,来自学界。常有人称赞我颇具眼力,能在人才济济、课题重叠的科研领域发现这样一大片处女地,甚至还创立了一门新的学科,"学术前程无可限量"。一位女研究生曾经问我,是极尊重的:"谁是中国妇女学第一人?"

"我不知道。"

"人们说你是,说你是中国的西蒙娜·德·波伏瓦。"

我的回答是沉默,心里堵得慌。这种表现很不礼貌,但要我说话,可能会更不礼貌。我其实根本无意创立学科,因为我深知,任何学科都不是人为能够创立的。如果是为了"无可限量"的学术前程,我根本不会选择妇女。妇女在传统科研选题中实在太没有地位,所有学界中人对此都有体会。

我的学术动力来自现实生活,来自未知的诱惑。我只是从一个女人对生活的认真思考走向妇女研究。中国妇女学不是一个人创造的奇迹,而是近代以来几辈女性的生活、体验、思考的必然结果。在中国,如果没有广大妇女的共鸣和响应,一个人(无论她怎样智慧)的作用或一本书(无论它怎样深刻)的影响实在都是微不足道的。作为这片黄土地的女儿,我有一个小小的心愿:在这片土地上掷一个生命,播一颗种子,像紫云英的繁衍,引出万千簇姹紫嫣红,然后就消失在那一片灿烂之中——我从这点儿小小的心愿走向妇女研究。

我不是什么西蒙娜·德·波伏瓦,因为我是一个母亲。我不能容忍不做母亲便诋毁母性的任何言论。我也有过情人,有过寻找自我的经历。但最终发现,我的精神上的情人只是象征着生命和母性的大自然,而不是任何杰出的男人。我从一个普通母亲的生涯,走向妇女研究。

还有一种流言,出自我称作"大姐"或"二姐"的前辈:"李小江就是看了几本女权主义的书,受资产阶级自由化的影响,想把西方的东西搬到中国。"这种流言一时成为实实在在的政治压力,力图在我与中国妇女之间设一堵墙。对此,我没有任何辩解,只想澄清一个事实:中西方文化交流中经常出现的一些问题,在妇女研究领域也是客观存在的。我的确翻阅和精读了许多西方女作家的作品,甚至组织翻译了一些欧美女权主义著作和文章,但那是在走向女人的道路上盲目跋涉了若干年之后。

说"盲目",一个很重要的原因,是因为当时很难看到有关的外文资料。国门不开,思绪也难飞出太远。那时我看西方原作,要去北京,像朝圣,一年几度;在北京图书馆一坐就是几天,翻阅、抄写、复印那里仅有的两本女权主义理论刊物 Signs 和 Women's Studies International Forum。想到那种饥肠如鼓、口干舌燥的滋味,至今还觉得眼疼,要上火。

第一次看到《第二性》是 1985 年,一位在华留学生送书给我的朋友,尔后朋友留学时又送给了我。第一次拿到《女性的奥秘》也是 1985 年,一位朋友托朋友从英国买来的。我钦佩西方女学者在我们之前已经做了那么多工作,但更多地受惠于她们的不是观点,而是她们直面女人剖析女人研究女人的勇气。特别是那些远离家乡到中国来做实地考察的女学者,她们的坦诚和热忱使我感动。无论观点如何,我无条件地把她们看作我永远的朋友。但是,我从事妇女研究的理论起点并不是西方女权主义经典理论,而是马克思主义经典著作中有关妇女、婚姻、家庭的论述。我最早的文章完全无涉女权主义言论——我几乎只是非常单纯地从马克思主义妇女解放理论中走来。澄清这个事实并不在判断是非,而是想说明,妇女研究在中国起步,远不像今天人们想象得那么轻松,既没有多少来自外界的信息,也没有广阔的东西方文化比较的天地,我们不得不在(中华民族)旧传统和(马克思主义)新传统两厢夹击的缝隙中探索出路。

事后很多年我才知道:1985 年,大陆、台湾、香港三个华人社会不约而同建立了各自的妇女研究组织。"鸡犬之声相闻,老死不相往来。"同是华人,却是在怎样不同的境遇中起步,面对着怎样不同的世界啊!

在隔绝和封闭中,没有选择,我不得不面对自己所处的社会和这个社会的意识形态,面对自己以及那些与自己同命运的中国女人——就是这样,我只是从一个最普通的中国女人的生存困境旁无他顾地走向妇女研究。

那时候,我自己也不清楚:我从哪里来?要到哪里去?

生活引导你走上了这条路,却永远不会告诉你前面是什么。

8. 马克思的"帽子"

《夏娃的探索》①出版后,曾有一位男性学者来信评书。我很感谢他的赏识。他说:"书中确有许多真知灼见,敢发前人所未发。如果少谈一些马克思主义,这会是一部传世之作。"

其实,在此之前已经有不少朋友提出批评。特别是年轻的女朋友和身在海外的女留学生,她们说得直截了当:"女人就是女人,干嘛扯上马克思?"

也有学者教诲:"如果你说妇女学是科学,最好少谈些主义。"

一位朋友好心劝过我:"人们早对马克思主义腻味透了。你看现在谁还提它?就算你戴着马克思的帽子,那些

---

① 《夏娃的探索:妇女研究论稿》(河南人民出版社 1987年)是"妇女研究丛书"开篇作,其内容和写作背景可见《女人读书》(江苏人民出版社 2006 年)。

马列主义老太太照样批你。"这话说得中肯。我自己也清楚,无论我戴什么帽子,那些自封为马列主义正宗的"姐姐们"照样烦我批我。而在另一边,我听到的正面批评中最多的,却正是因为我给妇女学戴上了马克思主义的帽子。

我像夹在风箱中的耗子,左右不能逢源。

不能怪罪批评。

我的第一篇妇女论文发表在《马克思主义研究》丛刊上,接着又陆续写了《马克思主义妇女理论的研究起点和要点》《马克思主义妇女学的体系框架》……那是1983到1986年,正是国门大开西学涌进的时候。我的不识时务表现在两个方面:一是在中西文化交流的绝佳时期放下外国文学转向研究妇女,二是在已经解冻的政治环境中偏偏执着于曾是冻土一片的马克思主义。

这些批评持续多年,我从来没有为此辩解,也不曾因此改弦易辙。我想,在马克思不吃香的时候戴马克思的帽子,至少能够表明,这种选择不是迫于政治压力的权宜之举,同时也祛除了时尚迎奉之嫌。我给中国妇女学戴上了马克思主义的帽子,仅仅针对中国国情。无疑,它不能放之四海,却是中国妇女不能回避的理论现实。

中国的妇女解放是特定的历史范畴中特殊的意识形态产物,它不能不问来路一厢情愿地归同于当代女权主义大潮,也不可能无所顾忌赤身条条地融入已经蓬勃发展着的西方妇女研究。中国妇女解放与西方女权运动出自完全不同的两种根系。无论西方妇女正在倡导什么主义进入怎样的文明,中国妇女必须首先审视自己解放的来路,认真面对曾经指导过中国妇女解放的马克思主义理论。

只要正视现实尊重历史就不能不承认:马克思主义在中国不仅仅是一种主义,也不单纯是一种意识形态,它是现代中国社会变革的精神支柱,也是当代中国妇女解放之魂。当代中国社会问题,无论政治体制、经济基础、意识形态(当然包括妇女解放),与儒、道、释家早已相当隔膜;它的新的根系生在一个新世界的土壤中,即马克思主义以及伴之而来的社会主义革命——中国妇女解放就是明证。

在封建制度极为森严的中国,是什么力量促使妇女在短短几年内全面走上社会,走完了西方妇女一百多年未竟的路程?

在男尊女卑观念根深蒂固的中国,是什么力量在短时间里让男女平等思想深入人心,使女人不仅顶起"半边天"而且创造出"气管炎"(妻管严)的奇迹?

结论只有一个:社会主义革命。

其思想根源,就是马克思主义。

我们所谓的"妇女解放",从理论、观念、政策依据到行为准则,从来不是遵从祖训,而是出自马克思主义。马克思主义于中国妇女实在有着极其伟大的历史贡献,无论时代怎样变迁人们信奉什么主义,在妇女解放问题上,我们不能数典忘祖、忘恩负义。

马克思主义改造了中国,中国也改造了马克思主义。

当我们这一代女性逐渐成熟开始思考的时候,就身处在一个被改造了的新中国,面对着一种完全中国化了的马克思主义——我们的妇女研究在这样的母腹中脱胎而出,牵连着新世界降生时滴血的脐带,怎么能够不做清洗不待愈合便毫无牵挂地入了国际大家庭?倘若仍然留着那根滴血的脐带,又怎么能在这大家庭中自立自强自信地健康成长?

我以为,中国的妇女解放直接受惠于马克思主义,中国的妇女理论研究不得不从清理马克思主义妇女解放理论起步。所谓清理,并不是寻找马克思主义正宗,而是为了解除至今仍然被人们(特别是女人)看作是真理的理论强加在我们思想中的羁绊。我敢说,当代中国妇女心中那些难以言诉的困惑,那种无所不在的矛盾心态,那种做人与做女人之间的隔绝和难堪,那种已经"解放"却不能自主的人生,还有那些做事的原则和做人的准绳,千丝万缕,无不联系着那种被改造了的马克思主义妇女解放理论……所有这些,逼迫我从马克思主义这里上路,在当代中国妇女生活的基点上着手清理。

一件偶然的小事坚定了我的信念。

1990年3月郑州国际妇女会议之后,我带几位台港朋友参观河南省历史博物馆。她们在"母系社会"和"父权社会"字样前驻足留影。一位台湾朋友感慨:"难怪你们这里男女平等的空气这么浓,你们的历史居然承认有母系社会!"她认为:"你们公开承认阶级社会就是父权社会,这太了不起了!这就为妇女解放提供了最有说服力的历史依据。难怪你们有这么多男人参加妇女研究。"

我因这番言论深受震撼:同是华人,竟然有不同的历史!

原因何在?

就因为一个马克思主义!

要在他人的镜子里,才能更清楚地认识自己。

我们这一代生在中国大陆的女性和男性,接受了这样一部历史观:母系社会是原始共产主义,父权社会是阶级社会的开始——这是我们的正史,几十年了,见怪不怪,有谁曾去追究它是史实还是出自被改造了的马克思主义?

仅仅为此,我们或许也要感谢马克思,感谢把马克思主义引进中国的现代思想先驱,感谢在社会主义革命中携带着妇女解放的所有前辈,也感谢那些用马克思主义改造历史的史学家们——无论是对是错,毕竟它在马克思主义的名义下用社会的力量提携了(在当时)无以自救的中国妇女。

社会的压制或社会的提携,对于女人,其实各有得失。

或得或失,留下了生命的印记,无论是非曲直,都属于我们自己。

因此,我们只能从清理自己起步:在我们的教训和经验中汲取营养,在自己的血汗和泪水中坚强起来,然后才能振翅蓝天,健康而充满自信地走向世界——从这个意义上讲,马克思主义不是"帽子",而是我们曾经生活的一种标记。

如今,生活已经大大向前推进了,它不仅甩掉了任何正宗的和被改造了的马克思的"帽子",也改变了它附加在我们生活中的性质和标志。朋友们曾经的批评和劝说,其实确有道理。妇女研究也是学术研究,针对女人,面向整个人类,应该兼容各种学说和主义,无需再"戴"任何人的"帽子"。

我也和过去告别了,从"夏娃的探索"走向开放的世界。

《夏娃的探索》源自现实并直接服务于现实生活,说穿了,还是儒家的"现世"思想作祟。"戴"着马克思的"帽子",骨子里仍然是中国传统货色——它也是一个中国化了的马克思主义吧?

9. "女子与家政"的风波

整个1984年,我给自己安排的工作是调查。放下书本,走出历史,不带任何理论框框,深入基层调查中国妇女现状。

没有经费,没有助手,甚至没有时间,只能利用课余和假期。说来惭愧,我没有用什么科学方法,也没有现代计算工具,只能用我自己独特的方式:到女人中去,贴近大地,用心去捕捉来自生活的信息。

1978年以来,改革的脚步悄然无声踏进乡镇。乡镇企业兴起,如雨后春笋,吸引了大批男性农民,家庭承包制的实际承担者主要是女人。

年初,利用寒假,我走了十几个县乡,去了山区、平原和矿区。更多的时间里,久久徜徉在沿街个体摊头,一边挑选商品一边谈着什么。在这初露锋芒生机勃勃的个体阶层中,女性居多,而且多是待业女青年和被迫提前退休的女工。人们以为她们"回家"了,其实她们仍然是职业妇女。

当时正值新婚姻法颁布不久,在法院,在婚姻介绍所,在基层妇联,倾听着一个又一个悲欢离合的故事,我吃惊地发现,"秦香莲"控诉的"第三者"竟然多是大龄未婚知识女性。在一场争夺男人的婚家战中,两败俱伤,都是女人。

听得很多,问得很多,企图捕捉全新事物,获得的却依然是熟悉的、咀嚼已久的感受——太熟悉了,熟得如同面对自己——它是什么?

究竟那是什么?

总在想,怎么也找不到答案。

在一次忙忙碌碌之后的长叹中突然醒悟:你到哪里寻找中国妇女?她就在你身边你心里,她就是你自己!

根本无需问卷调查,无需任何统计数据,问题显而易见,难有例外地体现在我们自己的现实生活中:中国妇女最普遍、最突出的问题是妇女社会素质和女性意识问题。在社会解放的起点上,女性的社会适应能力普遍偏低以及自我意识淡薄,像无形的缰绳,捆住了我们的手脚;像难以冲破的浓雾,弥漫在几乎每一个女人心头,体现在参政、就业、婚家、恋爱各个层面上,是我们成长的主要障碍。对职业妇女而言,最普遍、最严重的问题是双重角色紧张。事业和家庭像两驾背向而驰的马车,拖累了我们的人生,也拖累了家庭和男人。它是妇女解放的结果,也是继续解放妇女的症结所在。

我看中国妇女有两副面孔:正面是一个独立的人,权利平等,经济自立,是新中国的主人;背后却扛着一个沉重的家,依旧是生育的工具和家庭的奴隶。女人把正面展示给社会,社会因此显得更加文明进步;她把背面留给自己,累在身上,苦在心里。两面夹击下,有新生的,有传统的,唯独看不见女人自己——女性主体意识淹没在社会和家庭双重角色中。

看清了问题,心情却变得更加沉重。

就此罢休吗?

还是暂时放下学问去做些实际工作?

可是,能做什么呢?

1985年5月,我与河南省妇女干部学校合作,开办了解放以后第一个"女子家政班"。我想做一些尝试:尝试女性自我认识教育,在大一统的社会观念中重新确认女性主体身份;尝试系统地讲授科学管理家庭的办法和调适生活的艺术,帮助职业妇女缓解双重角色紧张的压力。

风波因此而起,就因为"女子"与"家政"并列在一起。

有人(都是女人!)拍案叫骂,说我"要让妇女回家","开历史倒车","是妇女解放的大敌"。我不生气。我很怜惜这些女人。她们大多有些岁数了,在忘我的革命工作中奋斗了一辈子。其实,长期以来,她们自己就是深陷在双重角色紧张的泥潭中难以自拔,矛盾,困惑,挣扎,奋斗,身心交瘁,累不堪言,却不敢正视自己的感受。背着家庭的重负,恋着丈夫爱着孩子揣着油盐酱醋,却偏偏要视家庭为天敌。她们要强而且自强不息。难怪她们,家庭曾经是女人的牢狱。这些曾经为走出家庭而历经艰辛的女性,唯恐重新落在那牢狱之中。

听说我们要出书而书名就是《女子与家政》,有朋友从北京捎信劝我:"千万改一改书名,不要把女子和家政连在一起,以免误会。"

我没有改。

我以为,女人应该有直面现实直面生活直面自己的勇气。既然不能抛开家庭而且承担着家庭的主要责任,为什么不能堂堂正正理直气壮地做家庭的主人?

妇女走上社会,并没有因此脱离家庭,她其实是背着家庭走上社会的。

转回头去看看来路,中国妇女在几年内广泛走上社会,并不完全是(甚至主要不是)自我寻求发展的需要,而是国家敦促和扶助的结果。如今,女人有了自己的社会工作,却并没有从家务劳动的重负中解脱出来。她们在家庭生活中没有任何特权,一日三餐,老人孩子,无一不要她们去承担。处理不好,后院随时可能起火,烧得她里外不得安宁……面对这样的现实,我们不能打肿脸充胖子自欺欺人。与其唱着"解放"的高调,不如提供一些实实在在的帮助,让我们在现有的条件下尽可能生活得轻松愉快一些。

办"女子家政班"的想法由此而生。

这几年,不少妇女干部学校和大专院校开设了家政课。"女性自我认识"也不胫而走,通过大众媒介的传播得到了千千万万职业女性的认同。那些曾经让人痛心疾首、百口莫辩的诽谤也终于销声匿迹。

我将这段往事记录在案,是想说明,在中国,要冲破一种理论框框道出自己真实的感觉,苦便说苦,也需勇气,也有风险,如脱胎换骨一般。

10. 水深火热

1985年盛夏,利用暑假,我和一些学界同仁相约在郑州小聚,开了一个妇女研究座谈会。三十多人与会,大多是中青年知识女性。规模虽小,意义重大。这是解放后妇女研究方向上第一次民间自发的学术聚会。

因是座谈,涉及到的问题很多,从文学作品中的妇女形象到现实生活中的妇女问题,还有各学科领域有关妇女的研究信息,和与会者的职业、专业、科研方向有关。诸如:中国当代妇女创作中的婚姻家庭问题、中国近代妇运史讲授提纲、美国女性心理学研究现状和动态……没有规矩,不设框框,没有上级指示,不做政治报告,也没有通常的寒暄客套。席间气氛活跃,坦诚而严肃,热烈却轻松,珍惜每一分钟,因为大家都深知这次聚会来之不易。

会议进行到第二天下午,出了一点波澜。

一位旁听的女士突兀地站起来,打断了正在进行的发言,情绪激动,质问所有与会者:"广大妇女还在水深火热中,你们在这里谈的问题究竟有什么用?"

一语惊呆四座,人们顿时哑言。

都是从那个没有硝烟的革命时代"轰轰烈烈"走过来的,我们太熟悉这种语言,太清楚这种话的分量,它逼你反省:"是呀,我们这是怎么啦? 真是吃饱了饭在无病呻吟?"它让你自责:"广大农村妇女还没有摆脱贫困和饥饿,我们有什么权利在这里谈爱的困惑?"还记得那句催人泪下的话:"农民用血汗养活了我们,不是让我们在这里清谈的!我们许多姐妹正在被拐卖、被欺凌,我们坐在这里不感到羞愧吗?"

铮铮怒斥,足以使在座的每个人羞愧到无地自容,仿佛真是坐享其成地被人养活着,仿佛除了吃饭以外的任何念头和愿望都是罪恶,仿佛每个人都该卷起铺盖再一次上山下乡与水深火热中人共患难……如果在十年前,情况一定是这样。不仅如此,在那时,仅仅因为"清谈"因为"民间聚会",也会蒙上不白之冤,甚至要下狱。

但在今天,只是一阵无言。

无言中隐含着轻蔑,是语言难以道尽的。

我知道,与会者大多来自高等学校和科研单位,原已有自己的职业和专业,没有一个吃白食的,她们无需羞愧。

我也知道,如果只是做一个学者,只做所谓客观的学问,哪怕说的就是农村和农民,只要不涉及妇女,没有人会提出这样苛刻的要求,要她也置身于水深火热。在我们这块土地上我们的传统中,研究女人本身就像是一种罪过,更何况是女人"清谈",与水深火热的女性生活保持距离,小资情调中隐含着女权主义嫌疑。

不在这块土地上生活,很难体会到这种"水深火热"式的精神桎梏。在中国,对"水深火热"的理解一准是和吃饭之类的生存问题联系在一起的。温饱已是奢侈,温饱之余能做非分之想的,一准是"资产阶级"之流。十年动乱后,人们对此谈得少了,火药味也不是那么浓了。唯独女人这里,硝烟依旧不散——可见女人生得沉重,也可见女人对传统(包括革命传统)的执著。

20世纪20年代国人第一次广泛关注妇女,热心人几乎清一色是男性。人们至今对那些先行者赞不绝口,都说他们是开明,是进步。

当代中国妇女研究的崛起,实在有赖于知识女性的自觉投入。"水深火热"在此时出现,像一道紧箍咒,在底层意识的鼓噪下用激进的革命咒语企图吓退刚刚挺起腰杆的知识女性。

咒语下有两条无形的锁链。

一是知识分子的小资产阶级自我改造,有与工农结合的义务,不得有"研究工农"的狂妄。革命岁月中,就连我们这些当年只有十四五岁的中学生(相当于旧社会的秀才)也有幸入了被改造的行列,一改就是三年、五年、十年……知识妇女当然不能例外,除了向男人看齐,还要向工人阶级和贫下中农学习——不信,试问席间学者,虽然年轻,哪个不曾有过"水深火热"的经历?

二是女性意识的觉醒,仍然要经受阶级意识的启发,在"不怕脏,不怕累"的号召和实践中,不由你不向肮脏、愚昧、贫困认同。也不知从什么时候起,在知识女性中,正视知识分子的身份也会有一种负疚感,就因为"广大劳动妇女还在水深火热中"。难怪长期以来但凡有些成就的知识妇女总会倾向"自扫门前雪",各走各的路,只向职业认同,不愿过问女人的事,她实在也是唯恐重新落入水深火热之中。

身在"深/热"之中固然是不自由的,但是,走出了那"水/火"便有自由吗?

奴隶们说"是",女人却不以为然。

女人脱离了身的囹圄并不意味着解放,她还需用自由的人身去寻一个自由的灵魂——于是,便有了"水火"之外的座谈会,有了与"温饱"保持距离的妇女研究。

11. 我也很敏感

郑州国际妇女研究会议(1990年3月)上,一位来自贵州的代表报告了"少数民族妇女在旅游事业中的作用",德国学者J博士提问:"是不是可以谈谈随之出现的问题?比如卖淫问题。"

贵州代表一时尴尬,不知该怎样回答。

"我来回答这个问题。"

中国社会科学院民族所研究员严汝娴接过话筒,介绍了当地民族风俗风情,认为在那些以少数民族为主的旅游活动中不可能出现卖淫问题。她长期深入民族地区,是最早研究纳西族母系社会的学者之一,当然有资格在这类问题上发言。她很激动,言语中洋溢着一种值得尊重的感情,说到最后,她甩出一句话:"西方那一套在那里根本行不通!"

J博士耸耸肩,从此一言不发。

会后,我想找机会向J博士解释一下,她却主动向我提到这件事。她奇怪:"卖淫又不是什么秘密,你们的电视和报纸早就公开讨论了。况且,这个问题历史久远,各国都有,这与'西方那一套'有什么关系?"

"因为你是外国人。中国有句俗话:家丑不外扬。"

"国际会议上,大家只是讨论问题,不会管你是什么国家什么肤色,没有什么'家丑'是不可以说的。"

"可这是在中国。这也怪不得中国。我想你能理解,这不是什么排外情绪,而是出于弱势民族的自尊心。人们会误解你,以为你在有意挑毛病。"

"我在中国生活了六年,我热爱中国关心中国妇女。"

"她们还不了解你。"

"啊!她们太敏感了!"她无可奈何地耸耸肩。

"我也很敏感。"

"你?"她一个劲儿摇头,"噢,你不!"

看她吃惊的样子,我心里有许多感慨,很想告诉她一些有关的故事。

讲一件事吧。

城市改革以来,妇女问题日益增多,引起国外一些学者的极大兴趣。许多人为此到中国来,对中国妇女的变化和妇女研究非常好奇,甚至倾注了比我们自己更多的精力和热忱。

1987年夏天,一位北京大学年轻教师来电话,说有几个外国朋友想跟我见面谈谈。我能听见话筒附近有英语说话的声音。

谈什么呢?

她告诉我,这些外国学者在英文报道中看到介绍我的文章，她们很吃惊，不明白我为什么要从"性的抽象"开始。还有 sex 这个词，特指生理意义上的性和性欲，她们建议我将 sex 改成 gender。对"妇女学"的提法她们也不赞同，因为西方现在热衷的是"性别研究"……最难理解的，是我吸收了一些男学者参加"妇女研究丛书"的写作，她们质问："既然如此，为什么不干脆就叫 gender studies，还有什么必要张扬'女性（主义）'的旗帜？"她们不明白我为什么强调女人与男人不同，想告诉我：多年来西方女权主义者极力证明的恰恰是女人与男人没有什么本质的不同……我能听见话筒那边，伴着朋友的声音，有两三个外国人在争着发表意见。听着听着，不知哪里来的情绪，我没有对问题做任何解释，很不客气地打断了对方的话："请转告那些外国人，我没有时间参加座谈。而且，我现在一点也不想跟他们对话。对我来说，眼下重要的问题是面对中国，当务之急是回答中国妇女提出的问题。"

和 J 博士在香港大学

J博士怎么也不会想到,我就那样不客气地把电话挂断了,几乎是粗暴地拒绝了人家一番好意。

当时,正是国内妇女问题层出不穷的时候。这种形势下,听局外人指手画脚,心情可想而知。我有一种两面夹击的感觉:对来自国内的压力,心甘情愿;而对外界的,却本能地表现出一种病态的敏感和抗拒。

后来,与国外联系多了,彼此都在交流或合作中有了许多宽容和理解。理解并没有减少我们之间的差异,相反,它使我更清醒地认识到,必须正视差异,把中国的事情搞清楚,才可能更有效地与国外学者对话、交流、合作。

东、西方文化的确存在巨大差异。尽管妇女以及妇女研究在世界范围内已表现出最大程度的互相认同和互相扶助,但差异仍然存在。它体现在难以察觉的细枝末节,却可能影响到我们的重大抉择。譬如,比较西方,为什么在中国只见"妇女解放"而乏见女性主义?为什么"妇女"研究在1980年代崛起却偏偏与"性别"研究划开界线?为什么今天的中国女人自己总在强调性别差异,抑或是"第二性"还没有做够?说出来的,像是理论或观点不同,可以争出个是非长短——我却不想争论。因为,在我看,这些差别非常可贵,渗透着东西方妇女各自的期待和梦想。走在不同的路上,目标却是一致的:平等、自由、和平、幸福。

无论何时何地对任何人,尊重是交往的前提。

只有求同存异,我们才能做到彼此尊重。

遗憾的是,这番话当时没来得及讲,对J博士那一脸诧异,我只淡淡地说:"我是很敏感的,这个你很难理解。"

"为什么?"

"打个比方吧。有两种文化两个民族,一个人人都说它是天堂,是文明和进步;另一个处在低处却并不以为自己一无是处——如果你在这种处境中,当人们数落你的短处,哪怕就是事实,你会怎样想?"

"噢,我也会敏感。"

她笑了,是那种清澈动人的微笑。

我没想到,这番"敏感"的对话,从此让我们成为无话不谈的好朋友。

12. 性别与学问

谈到妇女研究在中国的意义,我有一段文字:

> 中国妇女研究新军突起,拉开了女性理性自醒的序幕,它改造着知识妇女翘首期待男性学者证身的心理定势,在"无性"的学界张扬起一面"有性"的旗帜,试图以女性主体身份去审视整个历史和以往所有的学问。

这样咄咄逼人地突出性别色彩,似乎只是证明了妇女研究的褊狭:从"无性""中性"的学界走向"有性",分明是从无限广阔的天地走进了封闭的峡谷。

可我却认为,在学界张扬起"有性"的旗帜是一种哲学革命,迫使学问贴近人生。道理很简单,这世界上,抽象的"人"原是不存在的。无论从人类个体还是群体发生学意义上考察,"有性"的是人的基本规定性之一。性别因素渗透在人类生活各个领域,它自然也无所不在地渗透进了所有关于人的学问中。

没想到,提出反对意见的恰恰是做哲学研究的人。

1986年北京市民盟一次"学术沙龙"报告中,我在强调妇女研究的方法论意义时陈述了以上观点。一位国内小有名气的中年哲人对此发难,用反证法委婉地启发我:"妇女研究我不懂,但对您如此强调性别因素不能苟同。我是搞哲学的。据我所知,古今中外,凡是能称上哲学家的,都是男性。而且,很多大哲学家,如康德、克尔凯郭尔、叔本华、尼采……都是终生未婚的,可见女性与哲学的关系不大。毕竟,哲学是不同于文学的。"

我知道,这后一句话是冲着我的文学专业,影射我如此强调性别因素是有感于文学艺术家罄竹难书的风流韵事。我并不想否认文学对我的影响。也许正是出于这种影响,即使面对抽象的哲学,也想穿透它讳莫如深的帷幕,窥见到哲学家的性别身份。

难道有哪一位哲学家是无性或中性的吗?

没有,他们的确多是男性。

既然如此,不由人不发问:为什么艺术中充斥着爱与性的较量,而在抽象的哲学研究中却可以淡漠性别因素?为什么文学家中有男有女情欲横流,而做哲学的人却是男性一统天下?

只需向历史向具体的人生溯源便不难发现,哲学排斥女性的现象恰恰是性别因素作祟的结果:文明初始,妇女退归家庭,也在社会生活中全面退隐,她不能游刃于广阔世界,又谈何从观念上占有世界?

哲学家中没有女性,是世界文明史排斥女性的结果,它也决定了文明史中的哲学是排斥女性的残缺的哲学;作"人学"谈,便是残缺的人学。这种现象突出反映在哲学家身上,使得以往许多哲学家无论在私生活中检点还是不检点,在理论上在观念中在公共场所总是排斥女性,企图在超越女性的同时完成对自身的性身份的超越。克尔凯郭尔、叔本华、尼采……都是这类典型。从克尔凯郭尔一再逃避婚约乃至不婚,从尼采宣扬"找女人时要带鞭子"的言行中,我们究竟应该做出女性与哲学无关的结论,还是应该先去探索一下哲学家排斥女性的心理历程更妥当呢?如果从性别视角切入哲学,哲学家无不还原到"人"和"性"——他们一总是"有性的";哲学也必将有血有肉地出现在历史中——这难道不是一场回归人本和"人性"的哲学革命吗?

这次诘难使我自醒:我讲"无性的学界"实在是错误的。学问同人一样,原是有性的,不过表现方式各异罢了。文明史以来所有的人的学问,无一不是注明了男性身份,至少是男性中心的,它也因此决定了整个学界的性别身份,一总是男人至上并以男性为中心的!

既然是男性中心的,何必遮掩?

科学为什么要打出"中性"或"无性"的旗帜超越于两性之上?

我终于明白自己也受了这"无性的"蒙骗。

"无性"看似中立和客观,骨子里仍然是男性统治,是男性企图以客观真理的名义继续在观念上对女性的僭越。难怪女性一旦入了学界,身心感受反倒不如普通妇女自在;在翘首期待学界证身的漫长努力中,横竖里外找不到一个轻轻松松、舒舒服服、表里和谐的自我——这可不是发牢骚,有例为证。

1985年初冬,与三联书店老板沈昌文先生通过电话,他邀我到编辑部去一趟:"我们这里几位年轻编辑想见见你。"

去就去吧,总该有些什么事。

刚上五楼,还没来得及喘口气,吴彬便把我拉进了编辑部:"看吧,这就是李小江。"她向我解释:"一说你是研究妇女的,他们都猜想你一定有了什么个人问题,准是一副哭丧脸的倒霉相。我说你活得好着呢,他们不信。怎么样?"她问大家:"她哪点儿像缺胳膊少腿的?"

大家笑起来,轻松而欢快。

我也笑了,笑得很沉重。

暗自思忖:倘若再继续从事妇女研究,保胳膊保腿似乎比保命还重要:一是不得独身,二是不得离婚,三是子女齐备,四是安抚邻里……倘若少点儿什么,一准把人们吓跑了,还做什么学问?

不久,事实就证明我这想法绝非多虑。

1984年11月在北大讲学,题目是"妇女研究——人类科学发展的必经之途",念的是纯学问经,却有人递条子问问:"你是好妻子、好母亲吗?"

这是私事。依我的脾气和勇气,当然也可以甚至敢于像美国总统候选人那样破口大骂:"滚你的蛋!我是不是好妻子好母亲关你屁事!"

只一瞬间,性别意识或称女性意识下意识中阻挡了我,我像正常的东方女人那样给出了纯东方女性的回答。

台下掌声雷动。

接着是我的询问:"来北大讲学的男性学者很多,我想知道,有谁曾经递条子问他是不是好丈夫好父亲?"

没有人回答,只是一片笑声。

这一次我笑不出来,难怪有朋友说我太认真,少点儿幽默。幽默是一种大气度,必得明辨是非又对似是而非不那么在乎。我还不曾修炼到如此境界。这类近乎挑战的家常问题遭遇太多,从来不敢等闲视之。其事关重大之处,即在人们抛弃作为女性人的你的同时,也不再理睬你做的学问——这种威胁,于不幸做了学问的女性实在非同小可!

学者们凑在一起,总要通报自己的学科:"我是搞计算机软件的"、"我是搞先秦史的"、"我是搞外国文学的"……一个"搞"字,比"研究"来得家常,无需细述专业,学者身份和专业特长昭然若揭,不会生歧义的。但倘若是从事妇女研究的人说漏了嘴,一齐顺下去,便成了"搞女人的"——仅此就足以使正派的男性却步,更不必说身份堂堂的学者。

学问有等级吗?

在科学面前犹如在法律面前,各学问平等,唯独女学例外。学界一向弘扬平等人权,男女问题上却要打折扣。因此,有关性的学问总是遮遮掩掩地做,有关女人的文章也总是如女人一样作微贱看的。

与女人相关的事着实是太微贱了:情的、性的、儿女的、家事的、婆婆娘娘的、难以启齿难登大雅之堂的……逼得妇女研究不得不向历史、向传统、向人性、向文化去寻找久已失落的位置,居然做出了形之上的大学问(如我们的"妇女研究丛书"),不仅为现实的妇女问题提供了认识背景,也在向轻视乃至忽视了妇女的传统学界证身——该扬眉吐气了吧?

岂敢!

条子又递上来了(1988年9月在北外讲学时):"你们搞的妇女研究是不是学术味儿太重了?妇女问题主要是现实问题,你们的研究有什么现实意义?"

不知道有哪门学问曾遭受过这样横竖不是人的境遇,对女人的苛责终于引申到有关女人的学问。终于按捺不住,我居然真的像美国总统候选人那样径自发泄出来:

"够了!我们谈现实中的妇女问题,有人嘲笑妇女事多琐碎,预言'妇女'不成学问。一旦做成学问,却有更多的声音聒耳:广大妇女还在水深火热之中,你们的学问做得太深了,太花瓶了……够了!日子要过,学问也要做,只是我们不再听任何人指手画脚,不再期待任何人为女人为女学证身,我看这就是妇女研究最重要的现实意义了!"

13. 女性冲击波

在思想解放和社会改革大潮中,人们料到中国必将出现一个文化繁荣和经济活跃的社会局面——但谁也不曾料到,在宽松的政治气氛和安定的社会环境中,生活会做出这么多关于女人的文章,抛出了一个又一个触目的"女界现象":

——1970年代末,在新时期文学创作高峰中,出现了一个引人注目的女作家群,诱发了一场有关"情爱"的大讨论,搅得人心不安。

——1980年代初新婚姻法出台前后,"秦香莲"与"第三者"并出,演出一幕幕"婚姻"悲剧,威胁着家庭的稳定。

——八十年代中期席卷全国的文化热潮中,一边是西学涌进,一边是寻根问祖,东西方文化的最佳结合部竟是"女性热":女性人体人头遍布街头,俨然是一场"性"革命、"性观念"的革命!

——1988年,城市改革中出现了许多热门话题:住房问题、职称问题、物价问题……还有一个"女人的出路"问题[①]——由女人引发的问题一个接一个,像一阵强一阵的冲击波,不断地冲击社会、冲击人心。

很难说这是"正常"还是"非常"现象。

过去十几年,尽管女界中不时波澜泛起,骚动人心骚动社会,却并没有引起多少人对女人的警觉和女人自己的警觉。多半问题涉及爱情或婚姻家庭,有关女人也有关男人。直到不久前,街头不见书摊,书市上罕见直呼"女人"的书名。谈到女人,人们用的是革命队伍中的统一称谓"妇女"或"女同志"。

近年来,一本专门谈女人的书引起了人们广泛的兴趣,是法国女作家西蒙娜·德·波伏瓦的《第二性》。在欧洲和美国,《第二性》是一个号角一部宣言,曾遭到查禁和非议,也招来了声势浩大的新女权运动。不同于早期在西方出版的厄运,它在中国受到人们普遍青睐:没有人禁它批它,甚至没有多少人读它评它,仅仅书名就是一个冲击。译者在"第二性"前加上了"女人"这一触目的称谓,霍然搅起了人们的心底波澜。一时间,"女人"携带着"性"解放的信息不胫而走,遍布大街小巷,从《女性的奥秘》、《女性的困惑》、《女性的恐惧》到《女性的目光》、《女性的身体》、《女性的性感魅力》……女人被肢解了,赤裸裸地陈列在书封上广告上银屏上电视上,似乎要掀起一个"黄潮"。

新女权主义经典在中国大陆如此走运,抑或是西学中

[①] 详见李小江:《女人的出路》,辽宁人民出版社 1989 年版。该书入选第一批"热门话题丛书"。

用的又一个明证?

"女性之谜"在中国破禁,首当其冲的不是女人的觉醒,而是中国人性意识的开放。没有多少人看重女人的事,但有不少人买女人的书。书摊上,女人与伟人传记、看相占卜、中国病一类书陈列在一起。

女人的位置介于占卜与伟人之间,或许这也是中国病的征兆之一?

一场政治风波过后,仿佛雨过天晴,又见女性的光芒,带着"爱"的呓语,倘佯在迎新的贺年卡中,炫耀在1990年代的彩色挂历上。

看相占卜被除了"六害"隐匿不见,女人的书和伟人传记依旧陈列在一起,无言地诉说着一个古老的、永恒的主题:伟人后面总有女人——女人是给伟人垫背的。但是,倘若女人自己出了问题,我们还能拿什么去支撑伟人?

近代一百五十多年以来,中国问题很多,却少见这么多妇女问题、女性问题、性的问题……以及与之相关的社会问题,带着惶惑和疑虑,闯进家庭、闯进人心,掀起了诸多波澜。有人说它可以为中国妇女解放作证,以女性的方式向社会展示了女人潜移默化、移山填海、改造生活、塑造人心的力量;也有人说它可以为中国文化的女性特质作证,向世界展示了中国人性与女性水乳交融、互依互存、同生共长的内在联系。

女人自己的感受有所不同。

女人在"女性冲击波"中感到空前迷茫。

纷纷扬扬的女性文化与现实生活中的女人隔了一层皮:美丽的女性形象在艺术画廊中招摇过市,现实中的女人却在生存与发展、家庭与事业的困境中举步维艰。她们感到正被一股无情的浪潮裹挟着,不辨方位,不知去向。

不信?

俯下身,低头向实处看,在那么多女学者女干部女企业家的名字和荣誉背后,在那么多女明星女歌星女性人头人体后面,我们看到一面是孤高自强渴求发展的知识女性涌动着到西方去的出国潮,一面是稚气未脱渴望富裕的农村姑娘背井离乡向城市流动;一面是女企业家拔地而出展现了女性的管理才能,一面是差额选举中女干部落选引出了妇女参政问题;一面是女服务员、营业员、个体户为第三产业的崛起推波助澜,一面是优化组合中咄咄逼人的编外女工就业危机;一面是时装模特借助媒体不遗余力地展示着女性的魅力,一面是卖笑女郎公然出卖肉体走捷径换取"更好的生活"……面对这一层层女界波澜,谁能说清是女人冲击着社会,还是社会冲击着女人?

或许,这是一种双向的冲击?

女性冲击波不期而至,交织着希望与危机、升腾与堕落、褒举与贬抑、荣誉与耻辱……一面造就着补天的女娲,一面是亡国的祸水重新滥觞,八方风潮,四面夹击,要女人如何才"是"呢?

早有智者看得明白,女性的风向标上鲜明地昭示着社会的文明程度,表现出人性的曲直——如此衡量,想问:

今天的社会更趋文明了吗?

现代人会变得更加人性吗?

14. 女权与人权

"八九"学潮以后,人心受了大挫折。

半年中,社会科学领域一片萧瑟,没有任何值得一提的学术活动。我们要在这种情势下主办大陆首次国际妇女学术研讨会,可以想象有怎样艰难:如走钢丝,如履薄冰。

得知消息的各界知名女士尽可能与会了。一则因为盼望已久,大家早就期待着一次女界聚会;二则是想透过缝隙穿出阴霾,伸出脖颈去呼吸几口新鲜空气。只有一位女作家谢绝了我们的邀请,理由是她要出席某省的政协会议。据说那会是参政议政的,我盯住了她那句话:"今年世事纷乱,无心顾及女人的问题。"

呜呼,女人!

其实,无论世事是安是乱,我们总可以听到这种言论:大革命中不准闹女权,革命胜利了,妇女自然跟着解放——于是,妇女只能投身革命,做革命人,不要做女人!倘若革命失败了便更不能奢谈女人事:没有人权,哪里还有女权?

如此缺乏机遇,女人去投靠谁呢?

有觉悟的,自然还要继续投身革命;没觉悟的,只好重新投靠男人。

社会和民族都曾经号召女性的献身和投入,"天下兴亡,匹妇有责"。近代历史记录了中国妇女不断投入的历程:投入革命,投入战争,投入社会……一旦被革命、被战争、被社会甩出,她又不得不去投靠男人。翻来覆去,折腾得多了,愚钝的人也能看出名堂:所谓"人权",仍然是男性至上的。

幸亏有了这许多反复许多折腾,终于唤醒了女性意识:倘若女人是和男人一样平等的人,那么,女权运动就是人权运动!

曾经,有一句豪言壮语,凝聚着先驱一辈女性的人生经验,由冰心老人亲笔提写给我,珍藏在我的岁月档案里:"先做人,再做女人!"

问题是:先做什么人?

在男性中心社会,男人一统天下,女人做人只能做像男人一样的人。

今天的情况不同了。

当一代女人的女性意识与自我意识同时觉醒,我们看到,恰恰是在太平盛世中多出了妇女问题,像是人权运动的余波;又恰恰是在政治低潮万籁俱寂时,唯独女人不会沉寂,于生生息息中把握着人心的脉搏,像是人权运动的先声。

无论怎样的政治体制,日落日升,炊烟依旧袅袅。共和也罢,帝制也罢,能废除议院罢黜言论自由,难道还能罢黜衣食住行？

衣食住行，生生息息，偎着浓浓的人性，因此也张扬着浓浓的人权——那是与女权水乳交融的人权——舍此，舍了对生的执着，舍了对改善人类生存方式的追求，舍了对女人的尊重和褒举，人权便是空洞的，是专制政治的变种。

1989年底，人们还存留着血的记忆。

在香港，一次聚餐。两边坐的都是台港朋友，说的都是标准国语，又都是属兔的，不由得感觉亲切。同样的年龄，从不同社会制度中出来，却一样聪颖一样自信——但我很快就弄清了我们自信的根底，绝不因为同是属兔的女人。

都是来参加妇女会议的，一位台湾女律师自信满满，侃侃而谈人权。她很诧异我们能在大陆开展专门的妇女研究，而且能够坦然地评论妇女权益，难得她直率追问："大陆连起码的人权和自由都没有，还谈什么女权啊？"

我最怕这种抽象的人权概念。我一向不大敢使用它，倒不是怕跟踉跄入狱做了大英雄，而是唯恐使用不当亵渎神圣。

"想想吧，那里生活着五亿妇女。"

"呵，五亿？"她仿佛第一次听到这个数字。

一个数字使四座都沉默了——我、她，还有周围的人。

我不敢说这庞大惊人的数字就是我自信的根据，也不敢说有这许多女人就意味着有了许多人权或女权。但我知道，在人们称作"大陆"的那块土地上，今天生活着十一亿人，其中至少有五亿妇女。不管什么政治气候和经济条件，她们生活着劳作着，有痛苦，也有欢乐。如果只是痛苦，只是压抑，只是血淋淋的，她们早就死绝了——但她们"活着",像余华笔下的富贵,坦然面对灾难和牺牲,无比坚韧地活着!

我的自信来自她们,因为我是"她们"中的一员。

只有站出一步,才可能以客观的立场去评说"她们":她们从百年战争的硝烟中走来,从半个世纪不停歇的政治风雨中走来,从饥饿从贫困从劳累中走来……那么健壮、那么从容、那么坦然——她们怎样生活?怎样劳作?为什么痛苦又为什么欢笑?这些难道都不值得关注不值得研究吗?

一个"人权"或一个"女权"怎么包容得了这一切!

我自信,就因为我在她们中间。面对她们,就是面对中国历史中国社会和中国的未来,也是面对自己。在我心中,她们的存在本身高于一切政治,无论专制的还是民主的,也无论是社会主义还是资本主义,割舍了女人的任何人权,我不懂,也不感兴趣。

话说出来了,很舒服。

我自知,我是狭隘的。

怪的是,那位女律师竟然赞同了我。

15. 边角料

在日常生活中,女人占什么位置?

在政治生活中,女人起什么作用?

这些问题通常会有两种截然不同的答案,人们总是说一套做一套:道理上说女人是重要的,实际上完全可以不把她当回事。

日常生活中的女人像水,像空气,你充分地享用它却无需重视它——这实在是女人的长处,犹如大自然中的水和空气,无价,因此通常是无偿的。她无处不在,犹如衣食住行的影子——但只是影子,人们在享有她的同时却尽其可能地轻视她,无视她们的存在。也许,正是女人在日常生活中这种无所不在却沉默无语的性质,决定了她在政治生活中的位置:派作大用场的地方永远有女人——但,她总是边角料!

不知是谁设计和割划了人类这块材料,将其主要部分派做大用场,那是社会的,政治的,男人的;剩下的边角留给私人留给女人,任她们被作践成什么玩艺儿或被抬举成怎样尊贵的艺术品——历史曾经就是这样写就的。

当今世界,女人已经可以被派做大用场,参军打仗,从政做官……但女人的存在和女人的问题一如既往,仍然是边角料。

比如欧美,两次世界大战中,男人上了战场,生产岗位空缺,没有人高歌妇女解放,却有大批妇女走上社会填补空缺。在大材料缺乏时暂用了边角料,社会机器照常运转。战争结束了,男人回家了,大材料富余了,边角料重新靠边站。于是,女人回家,像被扔进废品箱,说得好听些,进入"劳动力后备市场"。

中国也一样。

人民战争中,女人也是人民。抗日战争时的华北平原上,强壮的男性农民几乎都当了兵,不是被国民党抓了丁就是当了八路军,曾经是冀中妇女在那里顶天立地。仗打完了,男人回来了,女人顿时没了威风,依旧是婆婆、媳妇、娘娘、女儿的宿命,在"妇女解放"的土地上反倒矮了一截:比贫困的更贫困,比愚昧的更愚昧。

解放后的大跃进,又是一次人民战争。大跃进中吃食堂,又是一次妇女翻身。大革命中需要人头,大生产时需要人手,女人和男人真是平等了,既是人头也是人手,受苦挨饿,一样都不少。而今改革中,社会要前进,讲了经济效益,女人又成了多余的边角料,说得好听些,叫做"编余"。

讲这些话,像是发牢骚。

其实不然。

写在这里的,都是曾经的事实,讲出来,是想做一个提醒:当女人只是被派做边角料用场的时候,妇女研究的命运也好不到哪里去。

不怪人们。

活得艰难,顾不上打理自己的家园。

相信有一天,远行的人们渴望重返家园。

在重建家园的队伍中,我相信,走在前面的多是女人——只有到了那个时候,女人将一劳永逸地终结"边角料"的命运,她的困境不再是被动或被利用,而是任何一个当家做主的人不得不面对的新的挑战:

当个人自由确实是以自立为前提的时候,你在多大程度上能够独立地担负起自己的责任?

当手中同样持掌着人类社会航行的舵盘,你有多大的胸怀能够接纳比家庭更广阔的世界?

16. 完美与中庸

因为从事妇女研究,在人的评价上也获得了一个独特的角度。倘若不被人看作"一半学究,一半怪物"的第三性,中肯的评价就会随之而来。

有趣的是,即便公允,评价也会截然不同——于此,我有切身体会。

曾经,很多指责,来自主流女界,在视我为"异端"和"资产阶级自由化"的同时,无疑也以为我是"邪恶的"或"罪恶的","企图把中国妇女拉上女权主义歧途",是激进得过了头。然而,在晚近出国学成重返故土的年轻女学者眼中,我是太中庸了,近乎保守。她们有人当面质问我:为什么"妇女研究丛书"要吸收男性学者参加?为什么不用西方已经很发达的女权主义批评解构中国传统文化?为什么不承认你是女权主义者?

倘若在乎舆论惧怕批评,路难走,一步都迈不开。

好在,我不是那么畏惧批评在乎舆论的人。

尊重心的感受,能错到哪里去?

更重要的是,走在这条路上,不仅遭遇责难而且也收获认同:和我同一辈的女性,大多以为我是健康和完美的,"完美得让人难以置信"。说白了,还是"中庸"。女人的赞美一向难得,我珍惜这评价,是因为我非常清楚,所谓"完美",其实是一种精神上的认同,包含着知识女性多元的生活内容和永不知足的多种追求。

"女唐吉诃德"(王庆祥画　1980年)

在当代中文语汇和语义中,"中庸"有贬义之嫌,它与"完美"是两个差距甚远的概念。但我喜欢这个词汇,如果要我在两者之中选择,我宁可选择"中庸"而不是"完美"。我以为,在我们生活的这块土地上,中庸之道早已深深地渗进了人们的肌肤,它也渗进了我的骨髓。我相信,中庸不仅是一种处世哲学,更是一种宇宙观,是"天人合一"的理想境界在寻常人生中的具体表现：用理性之舵驾驭心灵之舟，任风吹浪打，恪守规矩，永不翻船。

常常想：这片广袤的黄土地上怎么会凭空生出了"中庸"？

大地不同于海洋，它用温润的土壤滋养她的生民，而不是用波涛推动或倾覆小小舟船。生在大地上，你可以不进，也可以不退——守在这里就好，如同母亲守候家园。

在我生长的这块土地上，女性文化深深浸泡在中国传统文化中，构成了中国主流文化的女性特质，你中有我，难以分割，不是任何一个"主义"解释得了或承载得下的。因此，重建女性文化之前，我们必得首先清理自己的传统。在剥离女性经验的时候，最忌讳的并不是标新立异，而是伤筋动骨。

骨肉相连如同唇齿相依，伤了筋骨也伤了自己。

我们这一代稍有觉悟的知识女性，几乎每个人都曾试图在传统文化或革命传统中剥离出那个隐身难觅的自我，几乎都伤了骨头，带着遍体鳞伤重返传统，变得中庸，而不是完美。

"完美"与"中庸"，谁优谁劣？

人们常说"辩论出真理"——我不信。

"文化大革命"给我留下一条重要的经验（或说教训）：永不辩论。

我以为，在自然科学领域，辩论也许是必要的；排除了主观因素和人为设置的障碍，人们使用的概念和标准完全相同，道理便愈辨愈明。当然，有时也无需争辩，一个事实胜过万句言论。人文科学不然，说的是探索真理，探索者脚下的起点和追求的目标却可能完全不同。就算目标相同,比如同寻山间一座古刹,山下的人说它"高",要去攀登;山顶的人却说它"低",只能下山寻之——人的起点不同,观察问题的角度不同,即使目标一致也不会有一致的结论和一致的行动,他们怎么可能在辩论中求得一致呢?公公婆婆在各说其理的同时都能拿出不可辩驳的事实,即使铁证如山也不尽使人信服,更何况还有政治压力和权力的干扰,"说"有什么用?

我以为,每一代人都有自己的命运和责任。无论是否有责任感,命运或责任都是逃不脱的。上一辈人曾在血与火的战争中铸就了自己的青春,用诸多牺牲换取一个"解放"。我们这一代女性命中注定要在夹缝中求生:在反传统的大时代中背负着传统的重负——那是亲同骨肉的家庭、丈夫、孩子和未及改变的男性中心社会观念。时代不同了,生活不同以往。但是,变化中的我们仍然深深地浸在传统中,不得不背负着传统去寻新的生路,步履蹒跚,如牛负重。

所以我想,每一代人甚至每一个人,认准自己的目标就好,不去攀比前辈的功劳,不要苛责前人没有给我们更多,也不必钦慕后人的福分,尽管走自己的路就好。只是,走在自己的路上,也要学会理解和尊重做其他选择走不同道路的人——我这样看那些批我烦我的前人,因此不生气;也这样看那些锐气十足的后生,因此不争论。我不能违心地说"光荣一定属于未来"。每代人都有自己的光荣,那是不可超越不可替代的。后来人或许会生活得更加轻松更加自由,但那一定是在我们的肩上起步——这就是我们一代女性的光荣。

我们不可能是完美的。

倘若为完美付出了太多代价,"完美"就是残破,像摔碎了又重新黏合在一起的瓷瓶,其真实价值是要打折扣的。在传统与变革的夹击下,在个人与社会、家庭与事业、自我与母性之间,我们不能不是"中庸"的——这也许就是我们奉献给世界的"完美"。

在破碎的梦境中企图拾起一个完整的人生,我们一代女性已经竭尽全力。

愿后来者在美好的梦境中走向完美。

但是,没有压力的人生会是完美的吗?

我怀疑。

17. 你认同什么？

"你认同什么？"

这个问题是孟悦提出的，用的是以其人之道还治其人之身的办法。

1990年4月21日，我应邀去北京大学比较文学研究所，上午讲课，下午座谈。座谈时，涉及到西学东渐和本土化问题，从美国学成回来的张京媛谈到自己的困惑：总在西方学术思想和中国社会现状之间彷徨，不知究竟该向谁认同，她问我的感受和我的意见。

我想说，人不可能完全认同一种学说或一个社会，不仅不可能，也没有必要。人只能向自己的生命认同，最终与生活中那个属于自己的位置达成和谐。这是一个寻找和探索的过程。因此，我以为，认同是一种创造，是自我创造。在他人的镜子里或在即成的模式中寻找自己，难免彷徨，怕的是在彷徨中蹉跎了生命。

话题很快扯远了，孟悦却悄然横插一句："我想知道，你认同什么?"

我笑而不愿回答,惟恐触碰到一些不愿告人的企图和一些只有自己最摸底细的隐痛。但是,在这种场合,在坦诚的对话中,你不能沉默。

感谢孟悦,她逼我认真反省自己走过的道路。

少年时我曾向男人认同,但生活指示的却是一条完全不同于男人的路,它抛弃了我。青年时代,我企图向社会认同,力图全身心投入社会,然而社会的历史中没有女人,它断了我的根。我企图认同大写的人,超越性别超越国别,但那些个"人"的内涵中无不轻视女人,正像西方人的观念中大多轻视东方,逼我不得不"认同女人、认同中国女人"——这是我的回答。

长久以来,走在独木桥上,一边是政治压力,一边是经济掣肘,身为一介平民一个普通教师,想为中国妇女做点事,主要有两条路可以选择:教育和研究。相比之下,教育恐怕是比研究更迫切更现实的路,我却选择了研究。我虽身在教育界,心却耽迷于"未知"的诱惑。我尊重讲坛,却无法容忍重复的话语,尤其是自我重复。因此,选择的结果只能是:认同妇女研究。

妇女研究同其他人文科学一样,通常有两种基本发展导向:一是直面现实社会,其研究成果有助于解决社会问题;二是理论研究,在形而上的层面上服务于基础科学——两种同样重要,你如何选择?

我以为,更直接的动力来自心灵的志趣而不尽是社会需求。我深知自己的缺陷:畏惧喧嚣,厌恶竞争。在纷繁动荡的现实生活中,我常常激流勇退,退向蜗居,安于蜗居,沉溺于寻根溯源的寂寞,因此,我只能认同妇女文化研究。

限定越多,圈子越小,小到清晰可见,便成为脚下迈步的起点。

只有从"有限"起步,才可能在创造中走向无限。

十八岁时,虽然只是社会底层中的"知青",却幻想着有朝一日能够改造世界。身处山野,没有职业,没有薪水,没有家庭,却感觉自己十分富有:有太多可以幻想的时间。不惑之年才发现,人这一生想做的事很多,能做的事情实在有限。想的很多的人,多半做的很少;而执着于一个梦的人,也许能创造一个自己的世界。我想做的事很多,想改造中国,想周游世界,想探索所有的未知,想读遍所有的书,甚至想从事文学创作……几十年来一直这样想这样做,直到不久前才明白:一个人一生能做的事不会很多,我必须选择。

三十岁那一年,我选择了妇女研究。

十年过去,妇女研究在中国起步,从冷寂走向热闹。已经有很多学人投入其中,让我可以分心走神,即时抽身去做自己想做的事。在不太宽裕的岁月中,我想做成一件事:创建一座"妇女博物馆"——这是一个梦:梦想有一天,跳出蜗居,背起行囊,向山川田野去寻另一种乐趣,记录下人们;梦想终于挣脱文字的锁链,贴近土地,贴近人生,记录下活的生命。用众多生命去塑一座丰碑,重建一部历史,不仅为女人为天下,也为我自己。

又是十年过去,博物馆已经落成。[①]

---

① 现在陕西师范大学图书馆西侧。

老问题却不期而至,是长大成人的儿子问我:这一生,像流水,像跑马,总在路途中,见识多多,思绪也多,万千风景中,你认同什么?

微笑着,笑而不答。

答案已经写在生命中,在自己的名字里先验地被命名了。

小江——像是宿命,总在路上。

那就认同这个"在路上"的命运吧——任它像跑马像流水,让奔腾不息成为生命的一种姿态。

也认同这个变幻莫测的大千世界——毕竟,先有了这个莫测的世界,才可能把路途上"未知"的万千景象看到尽兴啊!

18. 为什么没有嫉妒?

香港的冬夜像深秋的夜,月明星稀。

Maria、Jutta、Jane 和我刚刚在一起吃过晚餐,兴致勃勃地讨论着筹建中华妇女博物馆的宏伟计划,心情好极了。

走出餐厅,面对晴朗的夜空,想唱歌。

感谢 Maria 的预言和祝福,她说的话像歌一样动人:"今天是个好日子,是我母亲的生日。今天讨论的事情一定能成功!"拾级而上,在中文大学半山坡那一站候 Bus,突然,她问我:

"李小江,你周围为什么没有嫉妒?"

哦,一下子把我问住了。我支吾着:"天晓得,真是的。也许周围的同事多是男性,轻视妇女研究,不希得跟我计较吧?"

"女人呢? 你周围有那么多女朋友。"

"是呀,是呀……真是天晓得。"

独自走回大学宾馆。

静静的夜,路两边是黑黝黝的大树,像两堵高墙夹击着。沿山坡径直向下走,仿佛有人在推,情不自禁冲下去,跌落在记忆的海洋……那是多情的海,托起了当代中国妇女研究刚刚启程的航船。只要沐浴过那多情的海水,你就不会相信这块土地只是生长仇恨、自相残杀、内耗不尽的战场——那么,嫉妒呢?

嫉妒一定是沉潜在海的深处,像在人心深处,经过炼狱之火,变成前进的动力,促使我们友爱、团结,在前无古人的荒野上结伴前行。

走在化腐朽为神奇的道路上,我们不期而遇……

1980年代,复苏的外国文学界没有人不知道朱虹先生。

朱虹曾是中国社会科学院外国文学研究所英美文学研究室主任、英美文学专业博士生导师。是她,在八十年代新启蒙运动之初,最早向中国读者介绍西方妇女文学和女权主义批评方法。通过评《简·爱》和简·奥斯丁的论文,通过她选编的《美国女作家短篇小说选》和她的长序以及她与文美惠女士合编的《外国妇女文学词典》,"妇女文学"堂而皇之进入中国大陆,为我们开启了女性审美的智慧之窗。"文革"结束后,我们一批最早从事文学研究的知识女性,无不受惠于朱虹先生的点拨和她启动的启蒙工作。

我读西欧文学专业研究生期间就知道她的名字,读过她的文章,甚至有过报考她的博士生的想法。有几次听她课的机会,错过了,因此也错过了见她。没想到,是她先写来了第一封信,告诉我,她关心我的工作,支持我,并且希望有机会能够"面谈"。

我去见她。

1987年11月一个寒风吹雪的早晨,在北京劲松小区她刚刚住进不久的新宅。

她个子挺高,动作缓缓的,显出些微老态,但说话声音很年轻、很亲切。刚从上海回来,她在那里主持召开了一个"勃朗特姐妹讨论会"。谈到会议,她很兴奋,说是在上海文学界扬起了一阵"女权主义波澜"。她坦言,她一直试图通过文学评论传播女性意识,并且期待着更多知识妇女自觉投入。

从北京大学毕业,她曾是朱光潜先生的高足,然后进了中国社会科学院,研究的是英语语言文学,是典型的"学院型"学者。"文革"结束后与海外的交流多了,她频繁出国,却对中国社会其他阶层中的妇女状况不甚了解。因此,她特别询问我的见闻,想更多地了解改革中的妇女现状。

其实,无需我多说,女性生活是相通的。但凡恋爱过或生育过的女人,无不惺惺相惜,有着相似甚至相同的生命体验。我相信,她一定是通过自己身为女人的体验走向妇女研究的,试图在为妇女文学正名的努力中确立女性的主体地位。在《外国妇女文学词典》前言中,她说:

> 由于长期以来社会历史发展以男性为主体,妇女的才华在许多方面没有得到充分发挥的机会,以妇女为主体的妇女文学也没有受到应有的重视……一部以妇女为主体出发的词典,就是要纠正这种历史的失误。

她认定,只有站在女性的立场上充分肯定女作家的成就,妇女文学在世界文学中的地位和重要性才能得到充分的肯定。因此,她把很多精力用作"中介",将中国女作家的作品译成英文推向世界(1990年代退休之后,她在美国波士顿大学开设"中国女作家"选修课),同时向中国学界推介海外女作家和她们的作品(《词典》就是这努力的一个结晶)。当时,她告诉我她将去澳大利亚。但我相信,无论走到哪里,她都不会忘记我们,心里总会揣着中国妇女。

果然,1989年初又接到她来信:3月8日她要在外国文学所主办"中国文学中的女性形象"研讨会,会期一天,北京之外,她只邀请了我。

她说:"我希望你来。"

没有二话,我去了。

早晨到京,晚上离京,因为前后都有课。匆忙而劳累,我却以为值得,因为是朱虹先生邀我。当时得知,会后她将去英国,将在那里住些日子……一时心中惆怅,充满了眷恋之情,不像是对长者,倒像是对一位熟识多年的老朋友。

我担心她与国内妇女研究就此断了联络。但是不久,在书店看到了她主编的《外国妇女文学词典》——这是她给我的承诺,也是她的礼物:临行前她特别交代我不要买这《词典》,"太贵了,我会送你一本"。

期待着,等待着,等不及,买了一本。

但我仍然盼望收到她亲笔签名的书,那该是她没有忘记我们的一份纪念吧?

那么冷的天,雨裹着雪,落在身上地上顿时化成水,身上地上都是湿的。

不宜出门的天气,我以为,下午的报告会没有多少人能赶来——但是她赶来了,搭乘电车,换乘地铁,又坐了汽车,甚至比我到得还早。

她静静地坐在距我不远的地方,非常耐心非常认真地听完了我长达一个半小时的报告。有人介绍,她是我国最早研究纳西族母系社会的严汝娴研究员,就职于中国社会科学院民族学研究所。

这是在北京民盟小礼堂举办的一次学术沙龙,报告的题目是"妇女研究",做报告的是外省大学一个不起眼的讲师,听报告的多是副研究员以上的资深学者。我深感这次机会难得。妇女研究在中国刚刚起步,挑剔的、轻视的、讥笑的、不以为然的大有人在,我们急需各界学者的支持和响应。

严汝娴是旗帜鲜明的支持者和最早的响应者。

还记得那天,我的报告刚刚结束,一位国内哲学界小有名气的学者发难,以"哲学家中没有女性和许多哲学家不曾结婚"为据,做出"妇女与哲学关系不大"的结论。许多人发言回应,有人支持,有人反对,有人质疑……第一个站起来的是严汝娴。她没有反驳那位哲学家,只用一种完全不同的语态完全不同的声音表明了她对妇女研究的态度:"妇女研究,无论它开始的时候怎样不成熟,却是绝对有必要的。"

会后不久,我收到了她的信和她的著作《永宁纳西族的母系制》。许多年来,她的足迹印在山乡僻壤,亲眼目睹了边疆少数民族和底层妇女的生活状况,字里行间流露出那种发自肺腑的同情和关切。她在信中说：

> 中国的巨变，也只有待妇女素质有根本的变化才有可能。这无疑是一个长期的过程。我们的工作也要做长期打算。我以为，了解各族妇女中存在的种种实际问题，为她们做一些力所能及的实事，把有关实际情况收集起来以引起政府和社会的重视，同时也必有利于妇女自身群体意识的加强。

她鼓励我："你呼吁妇女树立群体意识，我感到自己也应承担应尽的职责。今后，我打算组织一定力量从事中国少数民族妇女问题调查研究。我过去的工作多是微观的，而且多半是历史的调研，现在要面对博大的现实，深感必须认真学习，吸收新学科的知识来补自己之不足。"说到做到，1988年，她向国家社科基金会申请"少数民族妇女研究"课题，获得批准，从此，由政府提供资助的科研项目中开始出现有关妇女的研究课题。

许多年后，我们曾一起共诉项目难做的苦衷。但她不是怕苦的人，更不是知难而退的人。1990年3月来郑州开会，她的行李最多（她竟然带着一个大睡袋！），会后即飞往云南，到远离京城远离尘嚣的地方去尽她的"天职"——60岁了，如此不辞辛劳，分明是燃着自己的生命之火向我们一辈年轻学子挑战。

不知为什么，我总惦着她。

她一再邀我去北京时到她家做客，"咱们好好聊聊"。

可我怎么知道她那时那刻在什么地方？

1990年底我去广西民族学院讲学,听民族所的袁少芬教授谈到她:一次民族学国际会议上,聚餐时她把所有女同志都拉上,一起去给民族学界的老先生们敬酒,请他们多多关照和扶助少数民族妇女研究——这就是她!她理应是被人敬酒的,如今这般屈尊"聚众滋事",都只为了一个"妇女研究"啊!

今天,我仍然不知道她在哪里,只是期待这几行短短的文字带去我的问候,伴随她,无论她在什么地方。

她是在人群中一眼看不出来但认出她就永远不会忘记的人。

她的名字很拗口,要加点儿小心才能念得清楚:朱楚珠。

1986年6月,我在陕西省召开的"妇女与改革"研讨会上认识了她。我是客人。她去住处看我。我知道她那时候在陕西已经很有些名气,是西安交通大学人口研究所所长、教授(那时的女教授不多)。我还知道,由她挑头,在西安聚集的一批女学者办了一个"知识妇女咨询会",直接为社会服务。早听说她的社会活动很多,要带研究生,要参加国内外学术会议,还要出席省里各种会议,该是个风风火火的热闹人吧?

面前的她,文静,谦和,即使"咯咯"笑起来,也仿佛听不见声音,温文得像一个女大学生。初次见面,她向我询问"妇女",我向她求教"人口"——"女性人口"的课题就是在那次会议上埋下了伏笔。

1986年10月,我们在北京召开的"全国第二次妇女理论研讨会"上相逢。一群时髦的现代知识女性中,只有她的穿戴仍是旧式的。我奇怪,她的衣肘处居然打着补钉,没有哪个女人会穿这种衣服来京城开会。

那次会议实在有趣。女界有人坚决反对"妇女学"的提法,甚至上升到政治高度欲加问罪,策划好了要在会上拉开围攻的阵势。小组讨论时,几乎所有人都跑到"妇女理论"组——我知道,是因为我的名字出现在这个小组。

幸亏事先我谢绝了做小组召集人,乐得一个人争取到了"回避"的自由。我有意避开了"大辩论",径自选择参加朱楚珠召集的"人类再生产问题"小组讨论。那天上午,连我和她,一共四人。

难得一个面面相对、无人打扰的聊天机会。

我问她,她便讲。问到细处,细声细语,像一道清幽见底的山泉,带着纯真和朴素,涓涓涌出她的故事:她原是政治经济学讲师,1970年代开始关注人口问题,单枪匹马自己先干起来的。听说四川召开全国人口会议,她带着论文自费跑去了,还毛遂自荐发了言。之后,她在西安交大拉起一班人,白手起家,从"十几个人七八条枪"发展到现代化设备齐全的人口研究所,成为全国人口数据计算的重要基地,真不容易。

在我的记忆档案中,她是我国人口学最早的开拓者之一。她善于据理力争以理服人,兼有鲜明的女性主体意识和科学的求实态度,这在1950年代过来的知识女性中极为难得。我喜欢听她温和中糅着韧性的声音,更喜欢看她真诚中透着理性的文章。我请她承担"妇女研究丛书"中《中国女性人口》一书的编写,从此,我们因为书稿有了更多的联系。

默默的合作如淡淡的流水,一晃几年。

只是在泛起波浪的时候,才看得见深似海洋的情谊。

1990年3月,她带着她的研究生同来参加郑州会议。得知我面临政治压力,她请我到她的房间小坐。仍然是那样低低的声音,仍然是那样静静的微笑,谈的仍然是书稿中的种种问题。突然,她话锋一转,告诉我:"你们省刚来的省委书记跟我很熟,我曾经做过他的人口顾问,一起下过乡聊过天。如果你这里有什么麻烦,我可以去找他澄清一下。"

"如果需要,我一定告诉你。"

我的回答也平淡得如流水一般,但心里的感触已经远远不是"谢谢"两个字能够包容——就是这样,在需要合作的时候,有她这样的学者默默合作;在需要支持的时候,能感到她这样的师长托起温暖的手掌,你还需要什么呢!

日后,我虽然没有因此去打扰她,但她的承诺已经深深印在心里,是她给我的一个永久的纪念。

她坐在课桌前,整整两个小时,时而静听,时而笔记,时而微笑注视着我。她哪里知道,这微笑使我走神!尽管我一向自由无羁不敬神灵,可却不能不感到她的存在,这对一个站在讲台上的教师来说简直是灾难。

那天讲得糟糕极了,语速本来就快,那天的快简直就是失控,像坏了制动阀的列车。暗自责怪自己,如此走神,怎么对得起她?

她就是乐黛云教授。

北京大学出来的人,没有不知道乐黛云的。这不仅因为她是汤一介先生的夫人,也不仅因为她是新中国大学第一批尖子生曾去莫斯科参加世界青年联欢;更主要的,因为她1957年被划成右派,落难二十载锐气不减当年,从资料室故纸堆的尘埃中出来,成为学贯中西的学者——像火中复生的凤凰,光彩照人,才华照人,气节照人。如果没有她的支持,从美国学成回国的张京媛博士不可能那么顺利地开出了"女性主义文学批评"课程,我也难得在"六·四"过后又近"五·四"的日子里被邀请到北大来讲课。

第一次见到她,是1984年底在广州暨南大学"全国比较文学研讨会"上。她刚从深圳来(她当时兼任深圳大学中文系主任),身着一件深红色毛衣,真像一只劫后余生的凤凰。人们说她五十多岁了。不像。她的举止言谈,甚至眼神里,都洋溢着青春热力。即使不听她讲,也能看出她满腹抱负,满脑子计划,仿佛涉世不久跃跃欲试大海的女青年。

是她第一个给了我西方学界谈论中国妇女的信息。

1982年她参加了在西柏林召开的国际妇女文学会议,她告诉我,国外有学者关注中国文学中的妇女形象,诸如《水浒》中的孙二娘,京剧中的刀马旦……这在西方文学艺术中很少见,女权主义者对这种现象很好奇。她们想知道,古代中国,男尊女卑,三从四德,森严的家族制度束缚着女性,为什么却在文学和戏剧中反倒会有那么多勇烈尚武的女子形象?当时,她问我:"你说说看,为什么?"从那一刻起,"差异"问题像警钟一样长久伴随着我的思考,让我在跨文化的比较研究中慎思谨言。

这是第二次见她。

中午,她请我和她的几个同事在北大小餐厅吃饭。餐桌上她提出了同样的问题。即将去莫斯科开会,她要在会上做有关中国妇女文学的报告,因此又问我:"中国文学和中国历史上有不少女军人,如花木兰、穆桂英……女皇帝女公主也都有不少面首,似乎挺有地位的。你怎么看?"

我喜欢跳出文学,从社会结构和历史背景中认识这类问题。我以为,中国主流文化其实一直弥漫着浓浓的女性文化气氛。我提到"君子美人"式的文人自娱方式,提到"臣妾比附"的士大夫心态,提到母亲在中国封建家族中的地位,也谈到了中国封建宗法家庭制度与西方贵族庄园分封制的差别……不避自负之嫌,倾我所有,毫无保留地谈出了曾经思考过的信息线索。

她静静地听着……五年过去了,她还是老样子……八年过去,在北大百年校庆国际研讨会上,又见她,还是静静地听着,还是老样子,仍然那样充满青春的活力……看到她,我又走神了。听说她刚去了泰国、英国,马上要飞加拿大、美国,还要去莫斯科……十几年下来,她不断飞来飞去,为促进中西文化交流,她把自己变成了一座桥梁。多么希望她能停一停,歇一歇脚,将所见所闻所思更多地记录下来,将她的足迹变成笔迹,让我们分享,让后人寻踪——不仅是外面世界的新鲜事,还有内里故事和她的心声……

吴青是作家冰心和人类学家吴文藻的女儿,那时她是北京外国语大学英语系副教授。刚在北大袁方教授那里听说她搞了一个"女权主义研究小组",没几天就见到她,应她的小组之邀参加座谈。

她中等身材,穿一件蓝底白花的棉外套,头发剪得很短,清瘦精干,小伙子一般。跟她接触得越多,"小伙子"的印象就越深。这不仅因为她直率得可爱,还因为她时常以"愣头愣脑"、"无所畏惧"的言行骇世惊俗。我想,就算她真是小伙子,也绝不会是"雅皮士"。怪的是,她怎么会迷恋上妇女研究?她的每句话、每个动作都在提醒你,她与寻常妇女以及所谓"女性意识"实在有太大的距离。你听她的言论:

——"我们家从来就没把我们当女孩子教养。"

——"妇女问题就是社会问题,全社会都应该关心。"

——"没有普遍人权,谈甚么女权啊!"

她对我说:"我从来就没想到自己是个女人,我想我就是一个人。"

"真那么一点儿也不想?"我问她。

"是他们逼我想。"北京市人大会议上她举手投了弃权票,手举得那么高,那么理直气壮,代表们大哗:"看前面那个女的!"

她火冒三丈:"女的怎么啦?"——女性意识由此而出。

1988年9月28日,我的生日,她送我一件难得的礼物:带我去见她的母亲冰心老人。冰心年事已高,早已闭门谢客,吴青的责任是帮她拒客于门外而不是引客入室。她竟主动为我破了例。

那一天,冰心精神很好,很健谈,爽然提笔为我们正在筹办的《知识妇女》辑丛题字("要做一个知识妇女,首先要做一个真正的人")。她送我一本小书,书名是《关于男人》——豁然悟到,吴青那种强烈的人权意识由何而来:她生在一个优秀知识分子家庭,在相对脱俗的环境中长大。涉世以后,首先使她强烈地感受到的并不是男女平等意识问题,而是全社会人权意识的普遍欠缺。1988年"妇女研究丛书"发布会上,人们在谈"文化"谈"丛书",她却着了魔一样径自倾诉她心底深处的隐痛:

> 我们相当一批人,包括男同志在内,对人的价值到底怎么看?……你们这些男同志,宪法里的条款规定的权利你享受到了没有?没有……如果一个社会妇女得不到尊重,男人看不起女人的话,说明这批男人也没有得到别人的尊重。应该号召十亿人民起来争取人的权利。我认为这是最最基本的。

她是我见到的最积极参政涉政却毫无做官意识的知识分子,在倡导人权的同时自觉投身妇女事业,敢想敢说,说到做到。她的参政意识仿佛是自然生发的,出于为弱势者争公道的正义感,无私无邪,与她的家教直接相关。

1986年,她和美籍女教授杨海伦在北京外国语学院创办"中外妇女问题研究小组",每两周一次聚会,吸引许多校外教师参加,在北京高校中是第一家。1988年,她和英语系一些女教授共同在北外开设"妇女学"课程,深受同学们欢迎,在北京高校中也是第一家。

几年来,我到她那里讲过学,她到我这里来参加会议。她请我在她家吃面,是我点的饭;我请她在我主办的会议期间吃炒凉粉,是她点的菜。妇女研究事业使我们相识相知,让我们成为相互信赖的好朋友,不论什么时候,碰到一起总有说不完的话——怪的是,我们最少谈的,恰恰是"妇女"。

我对历史有深厚兴趣,曾被人称作"不可救药的历史主义者"。

因此,我为我在史学界有一批从事妇女研究的朋友而深感自豪。

人文社会科学领域中,史学方向上的妇女研究最少性别障碍,诸多男性学者从不同方向自觉介入,极大地开拓了妇女史研究的视野。

我在史学界的第一个朋友是一位先生:河南大学历史系教授郑慧生。我们曾是读研究生时的同学,他从事先秦史和甲骨文研究,迫于我的求教,他曾逐字给我讲解甲骨文字中透露的"妇女信息",逐句介绍了《山海经》中所有女神……这一来倒像是我诱导了他,持续的答问最终成就了他的《上古华夏妇女与婚姻》(他在书中论证华夏先祖黄帝是一个女人!),他因此戏称我是"导师"。

郑永福先生现任郑州大学教授,也是我读研究生时的同窗。他学的是中国近代史,主攻方向是辛亥革命。搞政治史的人大多不屑过问妇女的事,他是一个例外。将他引向妇女史研究的是他的妻子吕美颐教授,他们夫妻共同完成了《中国妇女运动》和《近代中国妇女生活》。持续的合作不仅巩固了我们的友谊,也加深了我们彼此之间的了解,让我与他们夫妇成为终生的好朋友。

史家队伍中,同是北师大出身的高世瑜特别值得一提。在妇女史研究领域,她最早自觉行动并最早拿出了像样的研究成果。1988年春天,我收到她的来信。她那时在《历史研究》做编辑,我们互不相识,是书信和文章让我们彼此接近。她说她对妇女史"有兴趣",写了《唐代妇女》(三秦出版社1988年版)。信中她说:

> 中国应该有自己的女性学,应该有一支研究队伍,这是我的基本想法……应该成立中国的妇女学学会,目前时机接近成熟。组织学会,将可以使正在各处零散孤军作战的学者们形成一支协调有力的队伍,使女性学作为一个单独学科正式建立起来,同时有利于国际间学者的交流……如果有人当此重任,我将尽全力支持。

她是说到做到的。二十多年如一日,在妇女史领域辛劳耕耘,为妇女史学科建设推波助澜,做了大量默默无闻却卓有成效的工作。还记得当时,我托人找到《唐代妇女》认真拜读。她的书和她的信都给我留下了深刻印象,但我们真正见面却是在三年以后的郑州会议上。

在郑州会议上,我还认识了北京大学历史系的齐文颖和郑必俊两位教授。齐教授是著名史学家齐思和先生的女儿,主攻美国史,早早就开设了"美国妇女史"讲座。郑教授主教中国古代史,在北大历史系本科开设了"中国妇女史"选修课,她们共同为北京大学女性研究中心的建立做出了贡献。郑州会议上,史界学人无论性别和年龄,每晚必聚一起,阵容强大,在专业方向上讨论深入:从妇女史的教学提纲、科研选题到写作计划……自发形成了自己的学术领地。会后次年,北京大学正式批准成立了"妇女历史与文化研究中心"(1991年1月22日),附设在历史系。长达十年的岁月里,这个中心在郑必俊教授的操持下办得有声有色,成为中国大陆妇女学科建设的重要基地——正是因了那段日子,我和郑教授成了忘年交,在"妇女研究"内外,我们无话不谈。

较晚认识的恰恰是我很早就闻其大名的刘乃和教授。刘先生是我国史学界知名人士中较早关注妇女史研究的学者之一。1990年5月,她应河南省妇女干部学校之邀到郑州讲学,为该校举办的"妇女史师资培训班"助威,讲中国古代著名妇女人物以长女人的志气。课间,喜极,赋七绝二首,以示祝贺:

> 尊男卑女几千年,豫省首开风气先。
> 妙笔写成妇女史,弘扬优秀半边天。

> 德才女子本超群,摧残压抑志未伸。
> 今日深研妇女史,接班能有后来人。

我去拜访她,开门见山,说的都是妇女。

我谈到筹建"中华妇女博物馆"的设想,谈到博物馆要以史为主线的基本构架……没听完她就兴奋起来,迫不及待进入角色,对史上女界名流如数家珍——那一刻,我百感交集:中国妇女学有这样一批史界前辈支持,还有什么困难不能克服,有什么障碍不能跨越啊!

19. 哈佛风波

哈佛会议①第三天。

下午是我们几位中国人发言。原来我是排在第三位的,不知什么时候把我调到第一却没有人通知我。当我姗姗迟来,满会场正找我——就那样慌慌张张、急急忙忙,从洗手间直接被人唤到讲台上去了。

意外的差错逼人急中生智。

一时找不到讲稿,索性丢开稿子随意漫谈起来:谈到我写这个题目②,是想澄清中国妇女解放道路与西方妇女的不同;谈到女权主义是西方工业文明的产物,不能简单地用于中国以及其他非工业文明国家的妇女解放运动……我

---

① 以中国妇女为主题的国际学术会议"用性别眼光看中国:国家、文化、妇女",由哈佛大学和威尔斯利学院联合主办,于1992年2月5日到9日在美国波士顿召开。
② 我提交的论文题目是《"妇女问题"背后的政治隐义》,谈中国妇女解放与社会主义国家的关系。

在哈佛东亚图书馆

用汉语讲,卡玛①翻译——她的翻译实在出色,心领神会,你这里话音刚落,她那边英语已经接上了。我相信她的翻译比我的发言更有风采,每每她的话音落地,台下总有反应。可不是嘛,你在这里公然批评女权主义,底下坐的可都是女权主义干将啊!

找死!

有趣的是,提出反诘的不是西方学者而是在美留学的中国女生。自由讨论时,Z女士抢先上台,给我提了三个问题,都很尖锐:

---

① 卡玛·韩丁,独立制片人,早年曾在中国生活,有关中国的记录片《小喜》、《天地玄黄》、《天安门》等在国际社会颇有影响。

其一,你所理解的 Feminism 究竟是什么?

其二,你为什么说"西方"女权主义?

其三,你所谓"中国妇女运动的特点"与 Feminism 究竟有什么不同?

很清楚,这三个问题后面有三句潜台词:① 你所谓的 Feminism 并不是真正的女权主义;② Feminism 是世界性的,不是你所谓"西方的";③ Feminism 之外因此不可能有什么其他的"中国的"东西。

概念之争是当代中国研究(包括妇女研究)中一大陷阱。我怕落入陷阱,并不是畏惧西方,而是顾及到西方之"真"与中国之"真"之间客观存在的文化差异可能造成的是非之辨。人文科学不同于自然科学的地方,就在它的求"真"不以统一的概念为前提,而是各自牵连着的那些个不可置换的历史事实。因此,我没有直接回答问题,只说:女权主义是历史的产物,有一定的历史内涵,就有它的历史局限性;它产出和运用在西方的土地上,也有它地域的局限性。我刻意强调"西方",旨在区别于中国。历史已经写就了,迄今为止,中国的妇女解放不是女权主义而是民族革命和社会主义革命的结果,我希望研究者能够摆脱概念的束缚,直接从历史角度去认识现实问题。

会后,提问者找到我,果然明明白白讲出了那三层意思。就她在美国多年所学所闻所见,启蒙式地教导我:真正的"Feminism"是什么什么……并不是你理解中的什么什么……你讲"中国的"讲多元化,人家女权主义发展到今天已经多元化了,因此人家请你们来参加这个会议……我难得那么耐心地听完了她的教导。她留美多年,难免有她自己的角度和立场,对西方世界一定有更深切的了解。留过洋的人见多识广,似乎天然地拥有教导人的权利,最有资格告诉人们什么是"真正的"(各种)主义。

说实话,能在这种场合公开谈论女权主义的是非,实在应该感谢这些问题,它给了我一个"把话说出来"的契机。只是没想到,这个"人家的"问题是由中国留学生提出来的,因此就这样跟她说了:"很遗憾是你,一个中国女人而不是西方妇女提出了这些问题。"

她更坦率:"她们就是这样想的做的,她们不说就是了。正因为我是中国人,我才明明白白地告诉你。"

我不喜欢争论,也从来不求一统。在我们的土地上我们的经历中,实在是被"统"怕了。听她这样讲,固执地要将我"统"过去的劲头,很不舒服,只好直截了当告诉她:"你们尽可以用各种方法去改善女权主义,可我得回去,必须回到我们自己的起点上,面对那里的实际情况说话、做事。"

"Feminism 是我们大家共有的,它是一种哲学,是世界性的。"

终于忍不住了,我说:"你在这里,当然可以认同女权主义,因为她们中间有你。可我在 Feminism 中看不到我们的位置,看不清中国妇女在哪里。谢谢你的启蒙。我没想让你赞同我的意见,请你也不要强求我接受你的观点。"

会议最后一天。

安安静静坐在后边倾听大会发言,却已经隐约感到昨天发言的反应,空气里有些僵硬的东西,难堪的是我们这些中国女人,感觉一下子疏远了。

外国学者的反应恰恰相反,昨天还在底下交头接耳,今天就有不少人主动找来交流意见。墨西哥学院的 Flora Botton 博士①是少数几个来自第三世界的学者,她几乎毫无保留地表示赞同:"太好啦!你说的正是我心里想说的话。"Marilyn Young②教授是这次会议的特邀嘉宾,老资格了,1973年主编出版了《中国妇女史论》,在欧美学界很有影响。她特意走过来对我说:"你的发言提出了很重要的问题,给我留下很深的印象。是的,我要认真想一想。"

会议终于结束了,人们相互道别。

加拿大麦吉尔大学的 Laurel Bossen③教授显得很兴奋,说她感谢我推荐她参加这次会议,"我在会议上处处能感到你的影响,人们都在谈论你的观点"。她证实了隐约中我那不祥的感觉,说"风波"并不过分。想到在家时老校长嗔怪我是"事儿篓",一时哭笑不得。我其实并没有制造风波挑战任何人的意图,不过是太过自由太不圆滑,直言独行,难免惹是生非。

三天之后我在香港,一周之后我在国内,听到种种关于哈佛会议的传闻,风声鹤唳,说是席间有过一场"女权主义"风波,闹得不欢而散——我知道,是我惹祸了;但不欢而散的,不是与美国或欧洲的学者,而是"自己人"之间。

怎么在"自己人"中间会出风波?

---

① 墨西哥国家研究院亚非研究中心主任,长期做中国婚姻家庭研究。

② 美国纽约大学历史系教授,20世纪70年代初曾主编过介绍中国妇女的文集。

③ 加拿大麦吉尔大学人类学系教授,曾做过中国农业人口女性化研究。

就因为一个女权主义!

关于"女权主义"我其实早有话想说。在哈佛会议上公开提出这个问题并不是一时兴起,而是多年来在中国从事妇女理论研究和社会实践的结果。

在当代,无论哪个国家,是女人,同时又要从事妇女研究,"女权主义"是一个回避不了的概念——仅此,已足以显示它放之四海的影响和威力。但是,在当代中国妇女研究中,我们却极为巧妙地避开了它:用在译文中或介绍西方妇女运动时,我们使用这一概念,旨在启蒙;面对中国妇女,我们用的是"妇女解放"、"妇女问题"、"妇女研究"——为什么会这样?

要去追踪中国妇女解放走过的道路。比较西方,我们至少有三点不同:

(1)今天中国妇女所获得的解放是全社会共同促成的结果。男人不仅参与其间,而且是最早的启蒙者和Feminism的传播者。迄今,男人群体从来没有成为妇女的对立面,也不是妇女研究在理论上批判或控诉的对象。

(2)在中国,妇女的社会性解放恰恰是通过"立法"超前实现的,"权利"因此成为妇女进一步争取解放的背景,而不是现实运动的目标。

(3)"平等"是社会主义革命的基本原则,它的利弊在当代中国社会实践中发展到极致。中国妇女曾经受惠于"平等",正像今天正受累于"平等"。即使将Feminism译作"男女平等主义"或"男女平权主义",恐怕也难有多少女人会自愿聚合在这面旗帜下。

我相信,东西方之间,在"人"以及"女人"的意义上认同,是我们相互理解的前提。但在实际运作中,认同却不是那么简单的一件事,从来伴随着意味深长的政治较量。Feminism 在世界妇女解放运动中早走一步,又出现在发达国家,天生一个"先驱者"形象。按理讲,在中国这样的发展中国家,与 Feminism 认同该是一件求之不得的事。我之不敢认同,并不想标新立异,而是惟恐走错了路迷失自己的方向。近百年来,中国妇女已经走上了不同的道路,并且在自己的道路上成长起来——脚已经发育成熟,还有必要去"削足适履"吗?

风波之后,余音缠绕,每每促我反省。

Feminism 在妇女解放运动中起过重要作用,它无疑是一面旗帜,一个极其重要的标准——但是,谁说妇女解放只能集合在一面旗帜下,只能有一个标准?

一元化的主导趋势从来是灾难性的,妇女的事也不会例外。

女权主义之外,谁敢断言广袤天下没有更开阔的天地、没有更多的道路可供选择?我们已经选择了不同的路,在这条路上有了近百年的探索。走到今天,我们已经可以看得很清楚了:超越女权主义,曾经为国际妇女运动走出现实困境另辟蹊径;今天,它该是妇女研究走出哲学困境的一个起点吧?

20. CHINESE WOMEN(中国妇女)

无论在国内还是在国外,与海外朋友谈得最多的就是中国妇女。

谈中国妇女可得小心,内内外外总有两个陷阱,一不留神就掉进去了。

对外谈中国妇女,你得先讲清自己的地域身份:来自大陆、台湾还是香港。最早提醒我对这一称谓保持警惕的是台湾女作家龙应台。法兰克福附近一个住着德国商界显贵的小镇上,生活安逸舒适,她却怀着一颗不平静的心,忿忿不满地对我说:"现在海外一说中国作家就是大陆作家,台湾作家的地位在哪里?"

一位外籍先生也跟我谈到他的感受:"可不要笼统地讲什么中国妇女,差别实在太大了。"他举了一个例子,让我忍俊不禁:"当我,一个男人,突然闯入中国女人举办的party(聚会),不用介绍,我立刻能分辨出何人来自何方。说话声音最响、大大方方跟你打招呼的,肯定来自大陆。说话变了声音，拿腔拿调的，一定来自台湾。默默看着你不做声，那就是香港女人了。"这位先生的一席话日后让我琢磨许久。对两岸三地华人妇女之间的差异，我自己早有感触，却是从女人的角度，在女人中间。

1990年，我们这里主办"中国妇女社会参与和发展"国际研讨会，和台湾、香港的女界朋友首次在大陆做正式的学术交流。席间，来自台湾的女性，哪怕就是学者教授，举止言行大多锋芒毕露，很有战斗性。大陆的女性即使来自基层，也同学者一样，对异性对自己多半是温和而大度的，不那么有战斗力。默默坐在一边不多说话的，的确是来自香港的朋友——当然，这都是一些表面看法。但如果从这些角度切入，从我们对男性和对我们自己的态度中，或许也能看到华人女性在不同的社会制度下男女相处的基本态度和男女平等的不同程度。个中甘苦得失，得有人做专门的文章娓娓道出。

那么，对内呢？

对内似乎不会产生太大误解，说中国妇女也就是说大陆妇女。但这里也有一个陷阱更得留神，即社会阶层之间的差异：农民？工人？抑或知识分子？其间差别不只是表面的，在精神层面和生活方式上也判若天壤。

首次出国访问之前，在北京外国语学院与海外学者有一个座谈会，谈论最多的是"当前最大的中国妇女问题"。我一向不耐烦人们把"妇女"和"问题"联在一起，更何况是女人自己。也许是看出了我的厌倦，一位加拿大学者提醒我："我敢保证，这将是你在国外遇到的最多的问题。"

怪的是，在国外，竟很少有人这样提问。

在美国首都和华盛顿大学的罗斯教授一起用餐,诸多问题之后,反倒是我自己耐不住了,主动问她:"为什么你不提这个问题?"

她笑了:"我也想问,可我担心你会用同样的问题问我。美国妇女差别那么大,黑人、白人、白领的、蓝领的……谁能讲清楚?"

多民族的美国女人差别很大,何以见得黄皮肤的中国妇女就是铁板一块呢?长期以来,外国人眼中的中国妇女就像"文化大革命"中的语言和服装,千万人一张面孔一种声音,而且一准是最贫困、最落后、最多苦难的女人的面孔和声音。20世纪初国际博览会上展出的"三寸金莲"可作一叶障目,让老外们看见今天中国女人的大脚反倒见怪。遗憾的是,这种倾向也反映在学界,一个时期一种腔调,在西方自身发展的背景下看中国女人,无论出于尊重还是同情,总在自己的想象中制造"神话"。

说到中国妇女,至少有两个神话。

第一个神话有关1950年代中国妇女解放,以法国存在主义女作家西蒙娜·德·波伏瓦的《长征》为代表。当时,刚刚经历了二次大战,欧美妇女重返家庭,性别角色回归传统,新女权主义者不得不在"女性的困惑"中重新探索自我解放的出路。此时恰逢中国妇女走上社会,"妇女能顶半边天"一时成为解放的偶像。但是,到了1980年代,中国进入改革开放,社会上出现了许多妇女问题。这时的西方妇女经过了新女权运动的洗礼,再看中国妇女,"解放神话"不攻自破,一种新的神话接踵而出:"双重压迫"神话——新神话笼罩在浓郁的政治氛围中,让她们看中国女人的处境比四十年前还要糟糕:不仅仍然受着传统家庭的束缚,还受到国家和政治的干扰和压迫。1990年代我在国外时,深感这个新神话已经弥漫在整个西方社会,带着深重的政治偏见,横亘在我们和西方学者之间,使得学术对话非常困难。

"西方中心"以及"第一世界"的话语和心态,在女性学者中同样存在。解释是困难的。西方与东方的抵牾,政治民主与经济贫困问题,还有民族和种族的隔绝……面对诸多误解,说不清,因此懒得说,我的回答常常是"沉默"。

美国福特基金会的白梅博士最早鼓励我打破沉默。当我只是私下里抱怨西方的误解时,她近乎恼怒,反驳我:"可是,你为什么要别人给你正确的解释呢? 你们应该自己说话。"

她说得对。

我们必须自己说话,尔后才会有平等的对话。

1991年秋天,在加州大学伯克利分校中国研究年会上我终于打破了沉默。站在人类学系小会议厅的讲台上,自信、坚强、美丽,现身说法,坦率直言:"如果说四十年来中国妇女的情况比过去更糟,那你怎样解释城镇妇女如此广泛的社会参与? 怎样解释农村妇女在乡村改革中的巨大作用? 怎样解释中国妇女研究在短时间内得到社会各界响应和妇女的广泛认同? 怎样解释中国留学生中如此众多出色的女留学生? 怎样解释我站在这里如此自信地发言?"

对妇女苦难的同情以及对其苦难形象的塑造乃至偏见,也许出自西方传统,不单纯针对中国妇女。摩洛哥的萨依达博士看过我在非洲拍摄的照片后,很吃惊,她说:"我第一次在一个外国人这里感到我们非洲这么美,非洲妇女这么美。"她提醒了我。我并没有刻意拍摄美的或丑的,如果心里没有偏见,美或丑的选择应该是远离意识形态的。现实生活中存在着丑陋,怪不得别人的眼睛,丢人现眼,当然主要是我们自己的原因。

1993年秋在乌干达首都坎帕拉,坐在马卡里尔大学贵宾园的草坪上,静静地看着狂欢中的人们。每天晚上人们都在这里跳舞狂欢。非洲人在自己的土地上在激昂欢快的鼓声中,显得那么自信,那么快乐,那么强健,高喊着"Africa,Waya Waya!"(加纳语:非洲,向前,向前)如果不是亲眼目睹,怎么也不会相信这就是非洲妇女。

一位来自罗得西亚的荷兰教授悄然在我身边坐下,她问我来自何方。

"中国。"

"哦,中国!"她好心说:"我很同情你们。"

倒是我感到奇怪:"为什么?"

"我们都知道,你们承受着那么大的压力:家庭,还有国家。"

让人同情并不是一件愉快的事。

沉默许久,离开她时我只有一句话:"有机会到中国去看看吧。"因为,也正是在这里,在这非洲的土地上,才永远地扭转了我心中的非洲妇女形象。

那么,非洲人怎样看中国妇女?

我去了英联邦乌干达,在乡村土屋前与一个丈夫的三个妻子谈心;也去了前法属殖民地塞内加尔,与守护中国体育场的宪兵们聊天。坦白地说,非洲妇女比非洲男人对中国的了解更少,正像她们在我们的视野里长期以来也是盲区。黑非洲的土地上普遍盛行一夫多妻和多子女,与中国社会严格的一夫一妻制和计划生育形成了太鲜明的对比。原本应该有许多共同关注的问题可以交流,但不知是因为语言障碍还是历史原因,非洲妇女更自然地与欧洲妇女接近,而对我们,感受到的是相互间的无知而造成的疏远。

相比之下,热情而友好的反倒是非洲男人。漫步在达喀尔的海滩,总有人走过来微笑着问好,或伸手来与你相握。好几次,他们一个或两三个陪我一同散步,问我是不是日本人。当我告诉他们,他们总会用蹩脚的英语回答:

"I love Chinese women!"(我爱中国妇女)

一位达喀尔大学法律系毕业的小伙子,现在一家中国公司做经理,他的愿望就是娶一个中国女人做妻子。"中国女人不允许一夫多妻,你乐意吗?"我问他。

"如果我去中国,就……"

"如果回来呢?"

回答我的是朗朗笑声。我明白这意味,我的一位远嫁到这里来的朋友更明白其中意味。笑声中有女人的泪水。当我问几位先生为什么喜欢中国女人,回答让我吃惊:"毛泽东!"

在非洲,"毛泽东"是中国的另一个名字,中国妇女形象因此高大了许多。还有,在东欧和前苏联,原本是中国应该称作"大哥"或"大姐"的地方,如今对中国妇女也另眼相看。

尼罗河源头绿树荫下,与来自战乱中的南斯拉夫女教师合影留念,她抚着我的双肩,用生硬的英语向我说了两个字"China,Peace"(中国,和平)。我的眼睛湿润了。那时我正编写"20世纪(中国)妇女口述史"中的《战争与女人》卷,太知道 Peace(和平)对曾经历过战争的中国女人和今天的南斯拉夫妇女意味着什么。

和南斯拉夫教授在乌干达

在原东德的最高学府洪堡大学,十几位教授和我一起讨论"妇女"。东德妇女正在日益"失去":失去工作,失去福利,失去男女平等的社会保障……她们因此关心改革中的中国妇女:"你们有同样的问题吗?""我们该怎么办?"——这时我注意到,米勒教授使用的称谓是"我们"。

"文化大革命"以后很长一个时期,我最讨厌说"我们"或听人对我说"我们",那种强免人意的求同似乎要剥夺人的最后一点尊严。但是今天,我喜欢"我们"这个称谓,对中国妇女,也对天下所有女人。每当我说"我们",便感到多了一份力量,多了一线希望,希望有一天对全世界的人都能说"我们"——难怪我的老校长在我"惹事"时总要警告我:太"乌托邦"没有什么好下场!

禀性难移。

"乌托邦"也会成为一个人的禀性吗?

想到德国柏林自由大学那七位女博士生,专门开车赶到海德堡听我讲课,又追回柏林参加我们的座谈……直追到洪堡大学,险些搅了我和米勒教授关于"社会主义"的私下对话。她们自称是"Li Xiaojiang crazy"(李小江迷),追我仿佛是追一个乌托邦的梦想。我也同样。那几天,我也成了她们的crazy,她们对中国和中国妇女的向往深深地迷住了我,让我因自信而快乐——女人的自信和快乐是可以分享的,让所有相关者成为受益者。和她们坐在一起不分你我,当时就想过:倘若能被女人认同也被世界认同,该是多么美妙多么快乐的事!痛痛快快地敞开心扉,没有文化偏见,不受"主义"打扰,女人之间随时随地都可能进入精神上的大同世界,随心所至,"乌托邦"的实现绝非是可望不可即的梦想。

洪堡大学米勒教授

心灵的认同可以在女人之间,也可以指向所有的人。

记得那个春节,美国哈佛大学会议上,当我把中国妇女解放与西方女权运动区别开来,反对用一个"女权主义"去衡量世界各国妇女运动,墨西哥研究院亚非研究所的白佩兰教授紧紧握住我的手:"你说出了我们想说的话。"

也记得那个中秋夜,加拿大圣劳伦斯湖中心的雁岛上,当我非常敬重的一位先生悄声说我"真像西方女人"时,我玩笑一般顶撞了他:

"I am made in China!"(我是中国造的)

我解释说:"中国制造"并不意味只是属于中国的,她也可以像他一样,致力于人类和平与幸福。

说了这许多,中国妇女是谁?

中国妇女就是我们自己。

我们每一个中国女人:一个举动、一句话、一次个性的闪光、一次闪光的尊严……抑或相反,都在人们心中印上了"中国妇女"形象——中国女人不仅是"中国制造",她也以个人的微薄之力"制造中国"。

21. 为什么"我不是……"？

1995年初，我在德国特里尔大学政治学院讲学。

演讲后，听者提出的第一个问题是："在西方女权运动中，女人反对男人。你只讲到中国妇女与国家和政府的关系，那么对男人，你们持什么态度？"

"合作。"

我解释：在中国，最早呼吁"解放妇女"的是男人。整个妇女解放运动，男人始终参与其间。中国妇女解放不是一支独立的运动，要么与民族革命结合，要么与社会主义革命结合，今天是与现代化结合，女人参与了民族革命和社会发展，男人也为解放妇女做出了努力。我反问："如果在困难的时候有人帮助了你，而且日后一同受苦受难，你还能去反对他们吗？"

"那你的敌人是谁？"

"我没有敌人。我不想和任何人打仗。民族之间，阶级之间，东西方之间，还有男女之间，这个世界上已经有太多

家国女人——有感"新时期妇女研究运动"

的战争,中国历史上也有太多战争,我们不能再去打仗——这就是为什么我从来不说我是一个女权主义者的原因。"

多年来,对"女权主义者"这个称谓我一直有种本能的排斥,这使许多人纳闷:"你不是在为妇女做事吗?你的所作所为就是一个地道的女权主义者。"海外朋友这样反驳我,不由分说将我当同伙接纳了,大报小报说的就是"one of the most prominent feminist scholars in China"。英文中这样说没关系,译成中文就变了味:女权主义学者——认不认账就是你了,无端惹出许多政治上的麻烦。海外朋友因此会问:"你为什么不承认?是不是因为在中国有政治压力?"

政治压力是存在的,但这并不是我不能认同的原因。

究竟为什么呢?

没有机会正面回答,因此没有深入追究,直到这一次讲演后的答问,在脱口而出的一番话中找到了感觉。我与女权主义者根本的分歧,就在我们对社会、对历史、对男人、对周围人们的态度。

我的态度是:不树敌,不打仗。有不同意见和观点,没有敌人。有讨论或争论,没有战争。我并不想将我的态度强加于女权主义者。不同的态度源出于我们各自生长的土地。总结一下,我的不能认同,有四个主要原因。

其一,不同的思想根源。

我所接受的妇女解放思想,源出自马克思主义而不是女权主义,它的基本出发点是"阶级"而不是"性别"。两者自成体系,各有特点,也各有缺陷;有相互交融之处,却不能彼此涵盖,更不能简单地以此之"是"断彼之"非"。对我而言,无论马克思主义在妇女解放理论中有多少缺陷,比较女权主义,它给了我一个更广阔的视野、更博大的胸怀和更高远的思维起点——我庆幸有这样一个起点,在起步的时候就可能超越女人的历史局限。在我看,马克思主义的"全世界劳动者联合"和"为全人类的解放",比较女权主义的"妇女团结"和"妇女解放",不仅更理想,而且更实际。

其二,不同的历史渊源。

今天,我在这里享受的"解放",不是女权主义而是社会主义革命的结果。这种革命在实践中有灾难也有过失,在妇女解放问题上我看它功大于过。妇女一向被看作是受压迫的社会群体,"解放妇女"因此成为社会主义革命的组成部分。正因为妇女解放身处社会革命之中,才能在较短时间里取得广泛的社会成果,远非任何独立的女权运动可以比拟。更重要的是,"男女平等"在意识形态上获得的合法性,通过各种政治运动在社会生活中深入人心,将"平等"的道理贯穿在方方面面,使得我们有可能在理论上跨越与男人对峙的论战阶段,用性别分析方法直接切进人文科学的各个领域。

其三,不同的性别关系。

中国的妇女解放是女人和男人共同奋斗的结果,相比之下,男人的贡献甚至可能大于女人自己所做出的努力。早期中国妇女解放运动和妇女研究的始作俑者主要是男人。中国封建社会的基础是封建家庭,束缚女人的同时也束缚了男人,使得许多具有先进思想的男人在很早时候就能认识到:改造中国解放自己,不能不从改造家庭解放妇女做起。他们这样想了,也身体力行地做了,从天足运动、创办女学到社会主义中国的"妇女能顶半边天",有着一脉相承的思想血缘关系,建构起男人参与和扶助妇女解放的传统。

其四,不同的社会地位。

西方社会中妇女的位置,无论在意识形态上还是在社会生活中(包括女权主义和女权运动本身),始终处在"边缘"状态,因此有女权主义生存的广泛基础。中国妇女的情况不同。从新中国成立到今天的改革,妇女解放乃至妇女问题始终在国家视野范围之内,因此也在国家决策和实践范围之内,从计划生育到就业、参政、社会保障……无一例外。利弊有待评说,其间差异至少说明了我的"不能认同"其实源出自我生活的这块土地。

这样总结,理直气壮,仿佛可以一劳永逸。

不然。

1998年9月承德"第四次女性文学研讨会"上,发言之后有人提问——这是国内人士就此问题的第一次发问:"你为什么总说你不是女权主义者?"

"在我生活的这块土地上,在我个人成长经历中,有过教训。但凡涉及'主义'和'者'一类标签,我很怕,避犹不及。"

1999年12月参加香港理工大学"关于 FEMINISM"的讨论,我的发言题目就是"为什么'我不是……'?"正在香港读博士的张李玺[①]最后发言,像是总结。她说:"尽管我在中华女子学院工作,做的是妇女教育,现在又在做性别研究的博

---

① 现任中华女子学院院长,当时她正在香港读博士。

士论文,可我要说我是女权主义者,没有一个人相信。相反,不管你怎么说你不是,可所有的人都认为你就是!"

满堂笑声。

我也开心大笑。

笑声中的相互理解是清澈见底的:管它什么主义!有这许多好伙伴一起为女人也为社会做事,在做事的过程中我们共同成长——这难道不就是天下所有女人共同追求的理想境界吗!

22. 在"女性言说"背后

从《爱,是不能忘记的》发表以来,整整二十年,女性写作在新时期文学中构成一道独特风景,不由分说地将鲜明的性别身份印在当代文学史册上。

1980年代初,刚刚繁荣起来的文学创作中女作家的作品引人注目。有别于"伤痕"和"寻根",女性创作不约而同,在政治话题之外执著于一份属于个人的情感世界。一个"爱"字,写尽了革命时代里女人特有的心理焦灼,力图在"男女都一样"的性别遮蔽下剥离出女性的自我。

当新时期进入尾声,文学在社会转型中现出衰微,女性写作却仍然拥有广阔市场,以独特的个性方式为"世纪末"做注。不同于八十年代,1990年代的女性创作以"私人"名义面诸社会,试图把一个"性"字放大成整个世界。从广阔社会走进"私人生活",女性写作在新时期中像是走过了一个完整的圆:走出了女性的一片天地,却最终落入了自闭的城堡。女人像是退缩了:从"社会"缩向"蜗居",从"人民"走向"自我",圈子是越来越小了,与"主旋律"日益拉开距离,自说自话,自讨苦吃,自作自受。

向内里看,有一条承前启后的血脉,源远流长。

从"爱"(以张洁的《爱》为代表)到"性爱"(以王安忆的"三恋"为代表)再到"性"(以陈染的《私人生活》为代表),是一个性、爱纠结乃至"性"与"爱"彻底分离的过程。无论主流文学界内"热烙"或"萧条",于女性写作似乎并无太大妨碍。女性总能在缝隙或边缘状态走到"抢眼"地段,于无数个社会震荡中韧性(也是任性)地守住了一片女人独立的话语空间。比如1980年代的"爱",携带着浓烈的革命气氛,以女性的名义向时代乞讨一份温情。到了九十年代,女性笔下的"性"与"私情"似乎是孤立的,与时代与历史完全脱节,于个人于社会却可能是更真实的——当社会层面上已经丧失了真实的语言,性的真实便可能成为真实的底线,与可能做假的"爱"也划清了界线。当"性"公然走上前台坦然向"爱"道别的时候,女性创作以它特殊的方式最终告别了革命,告别了旧世纪——由此看孤立的"女性言说"其实并不孤立,与新时期中国妇女主体意识的觉醒正相吻合。

检讨新时期女作家的创作,"女性"和"自我"贯穿始终,与"性爱"纠缠一起,在鲜明的"女性意识"和"自我意识"中顽强地表现出两种"拒绝":

——拒绝对男性主体的认同,同时也拒绝着弘扬了几十年的革命主题和政治话语,与传统文学拉开了距离;

——拒绝向主流社会认同,在充斥着谎言、套话、假话的社会场景中力图分割出"真实"的个人空间。

"拒绝"因此成为一种政治姿态,常常是无声的,默然游走在字里行间。

1980年代的"拒绝"与"女性自我意识"的觉醒一起悄然落地,在新时期启蒙文学中为女性创作赢得了受人敬重的一席之地。1990年代的"拒绝"是更彻底的,用写实的"个人"言说回避开主旋律的喧嚣,悄然贴近普通人的日常生活。它沾着媚俗甚至粗俗的嫌疑,在商品经济大潮中如鱼得水,歪打正着——一个"歪"字,概括了新时期女性写作的整体形象,与主流话语始终是异步而不是同步的。"孤立"的创作状态或许是一种自我保护,最终走向自闭,其原因不尽是女性的,更是时代的,是女性对一个即将完结的时代做出的最终拒绝。

在历史发展的某个特殊时期,拒绝是一种积极姿态,如同呕吐。

呕吐之后,天高气爽,海纳百川。

23. 学术自画像

超前半步,超越竞争

逃遁千里,逃避战争

不做救世主——Help Yourself!

不做领主——Keep Myself!

时代背景:

20世纪,一个被"主义"结构了的时代

生活:

一条淌过"主义"河的河床

探索:

将亲历的"主义"们

托举生命

还原为"生活"

目标:
  精神的解放和自由

学问: 是"问"出来的
  ——问题,是在"亲身经历"中产生的
  ——答案,是在"身临其境"中获得的
  ——行动,永远先于写作

学术动力:
  未知的诱惑

学术兴趣:
  "在"与"曾在"

学术标准:
  说平常人话,解释寻常生活

自勉:
  热爱生命
   创造生活
    永不沮丧
     永不抱怨

同一蓝天下

——采撷"海内外考察笔记"

1980年代即将结束时,对未来的生活和工作我抱有一种新的期望,那是长久怀揣在心底的一个梦:"梦想有一天,跳出蜗居,背起行囊,向山川田野去寻另一种乐趣;梦想挣脱文字的锁链,贴近土地,记录生命。"

1990年初秋在属于我的金色9月,如愿以偿,走出书斋,走向"田野"……在世界发生巨变的世纪之交,腿到眼到,亲身感受着它的变迁。

那些日子总在路上,真是浪迹天涯,回国后也很少居留家中。人在田野,笔锋跟随脚步,不懈地追踪着活跃的思绪,在些许闲暇中记录下所见所闻所思所感。笔迹也是心迹。在数百万字的"海内外考察笔记"中随意翻阅,看字字都是鲜活的,来自真实的生活和生命。

1. 爱情信物

泥鳅沟是一个不起眼的小村庄,位于云南省宁蒗县永宁乡泸沽湖区狮子山脚下,是以母系家庭闻名的摩梭人世代相袭的住地。

如仙如幻的泸沽湖,因"开放"而不再那么清澈。所谓母系家庭,在动乱的时代中历经磨难,也早已不是书本中描绘的纯情模样。那座传说中曾是古木参天的狮子山,在二十多年不停歇的砍伐后已经变得斑驳——摩梭人膜拜的干木女神就那样赤裸裸地仰卧在蓝天下,她该向谁去祈祷一处绿荫?

坐在村边小溪旁,望着光秃秃的狮子山,心中惆怅。

一位老妇人赶着羊群从山那边走来,像从天边飘来一片云朵。她身着长袍,头上缠着墨绿色布巾,红色长带束在腰间,十分破旧,昭示着岁月的绵久。她没带赶羊的鞭子,任羊儿悠闲散漫不紧不慢地撵着她的脚步。

摩梭老妇人

远远看见她手上捧着什么东西,紧紧抱在胸前,在阳光的照射下闪闪烁烁。走近了看,那是一只海螺,沟沟槽槽已经被岁月抚摸得滑腻光亮。老人的手指顺势握在螺口,螺口的边角钻了一个小洞,系着一根红色的飘带,和她腰间那根带子的色质一模一样。

就坐在那小溪旁,摩梭大娘给我讲岁月的故事。

大娘已经七十八岁了。十八岁那年,她的男人从拉萨那边过来,给她带来了这只海螺,他们一人一只——这是爱情的信物!

六十年过去,世间多少风雨,老妇人不知道也不想知道。每天,她出门放羊,总是随身带着这只海螺,仿佛她的男人就在身边;或者,就在山的那一边,随时会吹着螺号唤她……摩梭人传统的婚姻方式是走婚,女不嫁男家,男也不落女家。那男人来了,又走了,一走就是几年、十几年……

留下了三个孩子。如今孩子都早已长大成人,老妇人还是孑然一身,早出晚归,伴着那只海螺,脸上挂着恬静的微笑。

听她的故事,心里生出许多同情,为那贫瘠的群山,也为这孤身老人。

老妇人好心问我:你怎么到这里来了?你怎么没带螺号?你有自己的男人吗?他为什么不送给你……诧异和怜惜毫不掩饰地闪在她的眼神里,反倒是她在安慰我:"当紧的,你去托人买两只,送一只给你的男人就是了。拉萨那边有卖的,赶紧的。"

"很要紧吗?"

"是呀。带着它,管到哪里,他都不会忘记你。"她神秘地笑笑,压低了声音说:"它还保你平安呐。"

从此,我多了一个梦,因那螺号唤起永不磨损的爱的梦,伴着生命的年轮,召唤真情与忠贞,直到永远……

2. 绿色人生

进入北九州境内就像进了自然保护区,满山遍野绿树绿地,是那种墨染一般的浓绿色。透过九州皇家饭店十六层房间里的玻璃窗向外看,市区与海湾连成一片,湛蓝的海水像一面抹平了的镜子,直向天际。

临窗遥望,海的那一边是我的祖国,是连云港、上海港、大连港……梦想那里也该有这样蓝的海水这么多绿树——遗憾,都还仅仅是梦啊!

应邀参加北九州"亚洲妇女论坛"。招待晚宴上,市政府官员介绍城市发展史,为联合国授予它"环境奖"而自豪。他代表全市居民感谢北九州妇女,因为是她们率先行动挽救了这座城市。

北九州原来是日本四大工业城之一,支柱产业是钢铁。据说,1920到1930年代,整个城市被煤灰和噪音笼罩着,天是灰色的,海是灰色的,人人都是灰蒙蒙的……看今天这个样子,简直想象不出它会有那么暗无天日的过去。

席间闲谈中,我对北九州妇女保护环境的努力表示出极大兴趣,希望能在短短几天内了解得更多。因为在今天的中国,我们有同样的问题,我们也许可以从北九州妇女的行为中受到启发。

日本人总是把日程安排得满满的,如果临时有什么计划外的事,必得见缝插针。第二天,在会议休息的半小时里,她们特地请来一位当地最早从事环保的女士。她在1960年代曾经接待过中国妇女访问团(团长是许广平)。

就在熙熙攘攘的休息室里落座,没有一句寒暄,听她讲环保故事:"我今年七十六岁了,没有孩子,一直生活在北九州。当时我住在公害最严重的地方,面对着大海,附近全是工厂,最后一块土地也变成发电厂了。那是1937年,我二十岁。工厂里的废水流进大海,整个沿海都不能游泳。我们这里的环境保护运动就是从保护大海和大海附近的森林开始的。"

"谁先发起的?"

"最早开始的是老师,提出要为孩子着想,给孩子们一片蓝色的海水,让孩子们游泳。那时我是小学教师。我们向当地的妇人会提意见,希望开始调查环境问题。从那时起我就投身这项运动了。日本各地都有妇人会,战前是国家安排成立的。战后国家不管了,这种形式保留下来,逐渐转化为民间组织。当时这里用煤发电,很脏,面对着发电厂的窗户都不能开。我们开始调查大气污染的情况,用白布一片一片铺放在地上,看什么地方脏得最厉害,让市民和政府都来关心这件事。妇人会向市政府提了建议,第二年市政府就拿出一亿日元要求各工厂用特殊的机器控制污染。

但那已经是战后了。1937—1945年这期间在打仗,全国动员参战,所以这件事情也搁置下来了,直到战后才重新开始。"

"你一生都在做这件事?"

"是的,保护环境是我的哲学。"她的声音很低却很有力量:"只有深受其害,才知道环境对人类的生存有多么重要!"

时间到了,会议主持人在一边催促我离开,匆忙中忘记了问她的姓名。

日后说到环保,我总想起她。每每说起她,就称她北九州的"环保先驱"。常常,站在被污染了的大连海滨,回望那一片连系着日本的大海,隐隐总能看到她的身影,瘦小却坚毅,将那浓重的墨绿色涂染在记忆的版图上。

3. 别样姐妹情

曾经,在我们自己的土地上,在三年自然灾害和十年浩劫中,在农村在山区在边疆民族地区考察,我认识了贫困。

但只是到了非洲的土地上,我才真正懂得了贫困的涵义:贫困如同战争,它留下你的生命,却可能剥夺生的意义,仅仅让"活着"成为一件事情。

无法想象非洲那片富饶的土地上怎么会那样缺水!

人们成群结队到河边汲水,手提着、头顶着、牲口拉着驮着各式各样的水桶水罐水箱……不知疲惫永无休止地运水,端到嘴边的那杯水凭空便多了分量,让你不忍喝下去——在乌干达尼罗河附近一户农家歇脚,与一个丈夫的三个妻子聊天,当其中一位递给我一杯水,陡然生出的就是这种感觉。

何止是用水困难,同样匮乏的,还有食品和住房。

这是一个典型的乌干达村庄。村子里是一圈圈或一排排土房子,与中国农村的土房不同,它不是用土坯垒起来的,而是一块一块泥就那么糊在一起,屋子因此不能建得太高——它实在是太低了,低得根本直不起身,里面狭窄得像一间小仓房。晒干的红土块堆砌成院墙,五六平方米的土屋一间挨着一间,那就是妻子们各自的家了。家门口的小桌上堆放着这里人们的主食"饭蕉",孩子们聚在一起玩耍嬉闹——不是身临其境真不敢相信,人们怎么可能在这样简陋的泥土里栖身、生育和生活。

这家户主是小镇上的警察,在村子里已经算是中等人家了。他告诉我,他和三个妻子生活在一起,每个妻子和她们生的孩子单独住那样一小间"房子",共同组成一个大家庭。

早听说这里盛行一夫多妻,真正面对它时还是有些愕然,一时找不到应对的话语。倒是这里的人们显得安宁自在,所有的人都微笑着,露出一种听天由命的神态,毫无怨言地承受着天外飞来的好运或厄运。

乌干达一家

那男人的三位妻子热情接待了我,坦然和我攀谈,一点看不出她们"妒忌"。当我直截了当询问她们时,她们相互看看,笑个不停,说日子过得不容易,一个女人哪里忙得过来:要照顾这么多孩子,要给这一大家人做饭,还要参加村子里的活动……她们抢着说话,用的是她们自己的语言,我听不懂,可我能感觉到她们乐在其中。这里的男人多半在外找活儿,村子里的事有很多都是女人在做,种地、养殖,还要到十几里外的河边运水……大家互相帮助还来不及呢,谁还去内斗?她们告诉我,生活艰难,她们不能不互助,妻子之间的关系比跟男人的关系更重要,朝夕相处,同甘共苦,其实就像姐妹一样——这姐妹之情非常实在,与衣食住行密切相关。在这里,贫困是最大的敌人。为了战胜贫困,不只她们,还有家族、部族……所有的人都必须互相帮助。

从她们的一举一动一颦一笑中,我看到的是友爱与互助。

出人意料的是,不过这样聊了几句话,就像成了多年的朋友。当她们听说我在前边的村子里参观,返程时还要从这里路过,竟然一直站在路边等我。

大轿车在泥泞的土路上颠簸,车里人们满脸苦相。

突然,我看见了她们,一排站在泥路边,当即打开车窗挥手向她们告别。她们发现了我,欢笑着欢呼着追出很远……心里一热,眼睛不由地湿润了,如此新鲜别样的姐妹情谊,瞬间能让一个人的胸怀像海一样开阔。

4. 女人读书

在慕尼黑访问了一家民间读书沙龙,名为"丽萨"(LISA,是女主人的名字)。这是一位普通女性用自己多年的积蓄创办的,专为女人提供图书和交流读书心得的场所。

德国男女平等程度很高,高校中的女生甚至多过男生,"有什么必要专门提倡女人读书呢?"我问她——人们称她沃尔特夫人。

沃尔特夫人是犹太人,小时候在学校里受歧视,被人骂作"犹太猪",她没有朋友,常常感到孤独。书籍因此成为她忠实的伙伴,帮助她排遣了无数身边的烦恼,开阔了视野,也学会了宽容。她说,少年时她曾有一个美丽的梦,梦想长大以后做人类学家,"看看过去的人们是怎么生活的"。

女人多半不喜欢历史,她的这种兴趣使我好奇:"为什么会有这种兴趣?"

听沃尔特女士谈女人读书

"我想知道最早时候人们的生活和追求。我想知道,人类对于爱、对于友谊、对于和平的追求是不是从来就有?如果它们和人类的起源一样悠久,那我就会相信,无论今天的生活中怎样充满了仇恨和罪恶,爱,还有和平的力量,终究会取胜,你因此会愿意活在这个世界上,愿意去为改善我们的生活做些事情。尤其是我们女人,生活很容易把我们封闭在自家的小圈子里,让我们变得自私而狭隘。惟有读书,能让我们的精神永远成长。"

一个女人能有这样的胸襟,该是一位高级知识分子吧?

不然。由于家境困难,她只受过十年学校教育,没有上过大学,也未能实现她做人类学家的梦想。成年后她做过幼儿园老师、儿童护士、织毛线活儿卖钱,还在精神病院工作过。为了生存,她没有机会入大学深造,却用自己的血汗钱供养了一位读书的丈夫,直到那男人大学毕业,她和他离婚了……说到这里,她长叹一口气,很抱歉地对我说:"我很想把我的生活讲得更好些,更让人振奋些,可是没有办法,生活就是这样!"

为了更好地生活下去,她开始自学,通过读书充实自己,并且自觉投身于社会工作,特别去做那些不受重视、无人问津、服务于妇女和儿童的社会工作。1984 到 1986 年,她做了德国最大的非政府组织"为了家庭"协会的主席,成为该协会第一个女主席。当她从这个位置上卸任,便开始筹办妇女读书沙龙。

"让女人读书,这是我一直想做的事。"

以自己的经历为例,她相信书籍的力量远胜于相信任何教育体制,甚至,她也不信任学历。站在她那一排排整齐的书架中间,她自豪地说:

"受过高度教育并不意味着一个人日后也能成长,除非她一直读书。丈夫和孩子的成绩都不能代替你的成长,除非你也能在读书中成长。我想让所有的女人知道,在家庭和工作之外,女人还有一件事情要做,就是读书——读书应该成为女人日常生活中的一部分,像阳光和空气,像一日三餐,不可缺少。"

5. 为和平值班

1991年夏天访问美国首都华盛顿时,在白宫对面的草坪上我认识了她。

她叫皮奇奥托。

自1981年8月1日起,皮奇奥托坚持面对白宫和平示威。在我见到她时,已经整整十年,日复一日,风雨无阻。

早来晚归,她的行头可不少,不知那辆山地车怎么驮得动!一块大塑料布铺在地上,摆出一些油印的传单和宣传和平的小纪念品。旁边竖立着两块木板,写有"反核武器"的字样。一只画有巨大的和平鸽的画面上,张贴着许多战争的和反战的报道。起初,她在此宿营,经常遭到警察驱赶,还有来自黑社会的侵扰,不得已才放弃了日夜守候抗议——为和平值班,她说这是她的事业。

刚到美国不久,英语交流困难,想问她很多,却苦于语言不够。倒是她主动过来攀谈,看我一脸诧异,自己先说:"我已经这个年龄啦,做不了什么大事,但我可以为和平值班。这里有世界各地的人来,我站在这里就是要提醒人们,唤起人们对和平的责任。"

华盛顿的和平卫士

1995年7月4日是美国的国庆日,我又去了白宫。

安全起见,通向白宫的路一大早就被封锁了,有宪兵和骑警看守着。那原是"属于"皮奇奥托的地方,没见她的影子。正扫兴时,不期在草坪的另一端撞上了她。当我向她走去,她已经笑着迎上来,像老朋友一样问好:"很高兴又见到你。"

"你还记得我?"

"Chinese Professor, right?"她说她记得是在一个夏天,我们曾经交谈,但记不清那是哪一年了。

我们再次交谈,坐在白宫前的绿地上。

她告诉我,这世界上又有了新的战争,南斯拉夫在打仗,还有非洲……她用心倾听着世界,我却问了一个俗而又俗的问题："你靠什么生活？"

她指着地上堆放的那些徽章一类纪念品，还有十几块大小不等的石子，被她涂了颜色，画上了和平鸽或写着"和平"的字样，她靠出售这些纪念品得一点钱，还有一些老年补助金，日子过得下去。

"你怎么会想到做这件事？"

因此说到她的经历：第二次世界大战中她跟家人从欧洲逃到美国，原来只是位普通的家庭主妇。她有一个女儿。她在丈夫去世女儿出嫁以后走上了这条路，那年她五十四岁。她早就盼着有一天能做这事，因为总有一个声音在呼唤，她说："我想告诉所有的人：'和平'比什么都重要。"

没有人围观她，因为她的"常驻"反而显得平常，成为与白宫相互映照的一道风景。当我走远了，回头看她，她就置身于白宫、华盛顿纪念碑和林肯纪念堂之间，他们竟在同一条水平线上！

又是十年过去，这世上又发生了许多与战争有关的事，因此总让我常常想起她：她是否健在？是否还在白宫那里值班？没有人告诉我确切的消息——但这已经并不重要，重要的是她守望和平的身影已经深深地印在我心里。

6. 建香"老娘"

"建香老娘"是一家卤品店的名字,很多衡阳人以及许多路经衡阳的游客也会熟悉,因为它就在火车站附近。十几年的"老店"了,以味道和信誉招来不少回头客,店老板如今是一位年过三十岁的少妇。

有幸与这家店主人相识,是在怀化上车去昆明的列车上。

同车厢一对年轻夫妇从衡阳过来,到云南度假,为了许多年前结婚的纪念。结婚多年,有了孩子,他们依旧相亲相爱;放下孩子,独自上路,让人误以为他们是蜜月旅行。尤其那位女士,对先生体贴入微,将湘女的多情展示得淋漓尽致。席间聊天得知,丈夫是列车乘务员,跑衡阳到广州或南宁,硬座车厢,十分辛苦,他是党员,也是模范。妻子大专毕业,学建筑的,落落大方,娓娓道出她辞职"下海"的经历:卤品店原本是婆婆在经营,结婚后她在店里帮忙,学做卤菜,然后又继承了婆婆的事业,如今已是有十几个雇员的小老板了。

为什么不是丈夫而是妻子继承了这份"老娘"开创的家业?

妻子说:这活又脏又累,每天起早睡晚,还会被人瞧不起,丈夫不愿干,"也是,他还有发展前途,趁着年轻,可以在国营单位做点事,没准将来还能提干"。婆婆年事已高,干不动了,又不想弃了这份家业,索性自己接过来干,工作辞了,专业也丢了,她却坦然:"这不也是一份工作吗?人总要吃饭吃肉吧?有事做,有顾客,自己当家作主,再辛苦也值得啊!"

那份自豪和自信让人肃然起敬,一时浮想联翩,想到不久前和一位印度学者对话:她问中国是否有私人企业?是否有女老板?眼前这位女士的故事很能回答她的问题。

"女人做老板"这事在我国见怪不怪,却也有些蹊跷。

在西方,民营企业在社会上是有政治地位的,私有财产神圣不可侵犯。这里不一样,私营或民营企业的社会认同度一直很低,人与事都缺乏政治保障。1980年代最早一批民营企业中,女性注册的老板很多。当时,如果在一个家庭里做选择,丈夫会倾向留在国营企业或事业单位继续为"公家"工作,女性反倒放得下身架,毅然选择先期下海经商,这也成为中国女老板成长壮大的重要起点——可见女性在中国经济改革中的作用并不总是那么"滞后"和"弱势";相反,它很可能引领潮流之先呢!

这两代"老娘"就是一个实例。她们在社会夹缝中自谋生路,自食其力,将中国妇女知情达理、勤劳简朴、坚韧克己的传统美德发挥到极致,把平凡日子经营成事业,将手头工作做得社稷一般,才会有这信誉过硬的"老店"。

　　古人讲,治大国如烹小鲜,岂不知,烹小鲜也需有治理大国的素质,说到底无非一条:诚信是事业成功的保证——无论那事是大是小。

7. 富士山林中的歌声

富士山下有三大湖区和绵延的山林,久居闹市的东京人一旦有了积蓄,总想在山中湖畔买房置地,充分享受山居的悠闲与恬静。

风间夫妇也在山林中买了一块地,自己设计盖了房子,每个周末几乎都要驱车来这里小憩,或者邀请朋友们来此聚会聊天。

冬季的山林中寒气逼人,燃起炉火,喝上清香的绿茶,海阔天空闲聊,感觉神仙一样。此刻的风间夫妇正在为我们准备晚餐,夫人拣菜、削果皮,先生洗菜、切菜、掌勺……走遍日本,你很难看到这样出色的丈夫,他不仅让你耳目一新,也让你羡慕极了那女主人的福气。

正纳闷时,同行的朋友告诉我,这家人的生活原本一点也不"神仙"。风间先生是一家日本大财团的副总裁,他的妻子原本是大学英语系高才生,婚后做了家庭主妇,有三个孩子,如今都已长大成人。正当"空巢"困境中,妻子患了乳腺癌……手术后才有几年好日子,不久前病情复发,刚刚又做了第二次手术……听着这样的故事,心里一下子变得沉重,十分不安,不忍再看她为我们忙前跑后。

风间夫妇在山中别墅

吃过晚饭,大家一起帮忙收拾餐具,七手八脚,乱成一团。

突然,一阵清脆的琴声响起,操劳了一天的风间先生坐在餐厅一角弹着钢琴,琴声像无言的呼唤,即刻唤起了夫人的歌声。夫人放下手中活计,默默走到他身边,毫不避人,放声歌唱……那歌声在寂静的山林里有种强烈的穿透力,深深地打动了每一个人,让你信这人间有梦,梦能成真。

当坐下聊天说到我们的感受,风间夫妇相互对视笑笑,告诉我们,这世间其实没有现成的好梦,好日子以及好的夫妻关系一定要付出很多努力。

就拿风间先生来说,他曾是一个典型的日本男人,从不帮助妻子操持家务,直到十年前,两件事让他的生活有了彻底的改变:一是妻子患病,迫使他检讨他们的夫妻关系和家庭生活;二是去了中国,中国人乐天从容的生活态度无意间触动了他的心灵,让他反省自己的生活。

"中国人的生活并不富裕却很乐观,相比之下,我们富足,可是很少快乐。"风间先生说:"人常常是身在福中不知福。我就是这样,面对患病的妻子,我才意识到妻子对我有多么宝贵。她一向以坚忍的态度对待生活和自己的病痛,从不诉苦抱怨。手术之后她开始了一种全新的生活,参加社区活动,学习汉语,我很震撼,这才开始坐下来倾听妻子的声音,一起计划未来的岁月。"

"尽管这岁月已经不多,可你不认识它,或许就永远错过了。"风间夫人说:"其实我很庆幸,如果不是有病,或许我们永远就那样互不搭界地过下去了,根本不会有今天的幸福。"

手术后的日子里,他们两人都全面调整了自己原来的生活,让日子过得更简单,更贴近自然,更多地相互陪伴,这才在山林中买了地置了房……他们相互约定,谁也不许把"病"挂在嘴上,让"健康"成为日常生活的一部分。

面对生命不远处的死亡,他们是坦然的,早早在山中湖附近选了一块共同的墓地。"剩下的事,"夫人说,"就是认真过好每一天,尽量为自己和周围的人创造快乐。"

半天我们无语,身在"快乐"中已深知这乐之不易。

重新响起来的,是琴声和歌声,动人心弦……

8. 热娜的"提案"

柏林市中心有个名叫"巧克力工厂"的妇女俱乐部。

那原本就是一家巧克力工厂,1960年代初破产,厂房被学生占用当作学运总部,惹出许多政治事端。学生运动落潮时,房子被糟蹋得破烂不堪,妇女运动积极分子接管了它,向政府争得了合法的使用权,义务劳动将它修复起来,用做妇女的活动场所。三十年过去,越办越有生气。

曾经参加过修复工作的几位女研究生带我去参观"工厂"。这里的每一面墙每一根柱子,都能牵出她们终生引以自豪的回忆。

我对它产生兴趣,是因为在这里认识了一位名叫热娜的土耳其妇女。

二战以后,许多土耳其人迁居德国参加了战后建设,社会地位却十分低下。热娜是那千百万土耳其人中的一员。1980年代,热娜参加了这个俱乐部的创建,现在她是"工厂委员会"的三位负责人之一。因为她的努力,这儿成为柏林市土耳其妇女的避难所和休憩地,也是土耳其小女孩们补习功课的业余学校。

德国社会鼓励已婚妇女留在家里,小学校的作息时间和学生的课外作业都是因此设定的。中产阶级妇女外出工作,可以专门雇人照料孩子的学业;土耳其女工的孩子怎么办?热娜因此将工厂的三楼辟出当作辅导教室,她自己就这样做了土耳其女孩子们的业余家长和辅导老师。

尽管她期盼着我的来访,当我去看她的时候,却正赶上她在给孩子们讲解。当我轻轻推开后门,她只是做了一个几乎察觉不出来的手势向我致意,继续她的辅导。事后她解释,无论发生什么事,不能打扰孩子们学习。

当我就要离开,她风风火火撵出门来,说有一件要紧的事必须告诉我。

她说的事仍然有关土耳其女性移民的命运:"德国很发达,可是这儿土耳其妇女的情况却很糟糕。"她说她想让世界各国妇女了解这儿土耳其妇女的生活状况,她说她关心政治是因为这个世界上还有太多对妇女的暴力……她说得很多很快,连喘气都省去了,喋喋不休……翻译着急了,催促我上车,她却一把拉住了我:

"请等一等,教授,你能参加联合国的会议吧?请你代表我们向联合国提议,应该成立一个妇女安理事会,它能促使各国妇女组织联合起来,阻止对妇女和儿童的暴力。你会提议,不是吗?这是我的地址。你可以通过这个地址跟我们联系。我们一定支持你。"

两年以后,在联合国一次会议上,我们的确讨论了"反对对妇女施暴"的问题。但就在那一年,六名土耳其妇女在德国被新纳粹分子活活烧死在寓所里……我想到了热娜,不由泪流满面——我与热娜同哭。

9. 一个天你都撑得起！

云南的朋友给我捎来了一根白银项链，是景颇山的芒双大嫂亲手打制送我的。她盼我能参加景颇人一年一度的"目脑节"，和她们一起唱歌跳舞。她再三交代，要我戴上它照张相寄给她看……不久，我照了相寄给她，将那根项链挂在门口的穿衣镜上，仿佛她在我家里，在我身边。

芒双五十多岁了，黑红色的脸庞，结结实实的身板，走起路来震得山响。她在景颇山是远近闻名的人物，当过村会计，做过大队干部，还干过"赤脚医生"，许多景颇后生就是她接生到这世间来的。她像是他们的"半个妈"——那些后生们是这样说的。

如今，她不干"公务"了，她的家却变得像一处驿站。白天，有人来这儿咨询各种大小事情，赶墟的也会在这儿歇脚。晚上来的人更多，像来赶会。县里奖励她的那台黑白电视机是全村"唯一的"因此就成了"全村的"，男女老少有事没事都在这里"聚会"，说是看电视，不如说是凑热闹。

当我们进到景颇山,第一站就在她家落脚,喝上一碗热腾腾的茶,驱走了寒气和一路的疲惫。听说我们想了解景颇妇女生活,芒双一手抓来几把竹椅,说:"就在这儿坐着吧,我把人给你叫来。"

她站在二楼木栏杆边向坡下喊了几声,声音像洪钟一样嘹亮。然后就势在我身边坐下,没等追问,就把她自己的故事痛痛快快地倒出来了……她竟有过三任丈夫!第一次婚姻是家里包办的。新婚之夜,她手持柴刀守在洞房门口,生生地把新郎给吓跑了,"这一跑,再没回来"。第二任丈夫是病死的,"这山上的男人不长寿",她淡淡地说。

这番话让春瑞吃惊不小。当年她从昆明来景颇山插队做知青,和芒双相处八年之久竟不知道她的这些秘密。芒双说:"我可没想瞒你,你又没问我。那年头,光顾着搞革命了。"

她的经历让我好奇,问她:"造反"之后,村里的人们怎样待她?

她笑起来:"你说能把我怎样?我又不亏待大家。不怕你笑话,我们景颇女人就是这样过日子的,我们就是这儿的主人。过去,男人打仗,打猎,背着杆枪出门,说不定哪天出去就回不来了,回到家除了喝酒就是睡觉。家里的事,田里的活,都是我们女人在干。一个天你都撑得起,他能把你怎样?"

10. 芭比的启示

前不久,美国搞了一次规模空前的"芭比拍卖会",推出一批新潮款式,个个价值不菲。组织者拟将拍卖所得用于非洲,使得小小芭比不仅跨世纪,而且加入了国际救援行列。此举甚善,却也让人浮想联翩。

芭比,不过一种人造娃娃,历经数十年不衰不老——尽管与它一同成长的女性已经面对衰老——成为美国女人一个新的偶像,新的神话。

从来的女性神话总是男人创造的。芭比不同,它由一个现实生活中的普通女人发明,得到无数寻常女人的响应。由于美国文化的全球效应,正在影响更多的女人,甚至男人。

芭比的形象其实很传统,很性感,与智慧、与精神、与所谓美德几乎毫无干系,其特点无不是女"性"的:突出的乳房、纤细的身材、颀长的大腿和细高跟鞋,都只是为了突出那个特别性感的乳房——仅仅是为了讨好男人么?

热爱芭比的女权主义者做出了另一种诠释：细长的高跟鞋可以使女人变得更高，是一种力量的象征。苗条纤细的身材是对生育的拒绝，抗拒传统社会的女性角色安排。芬兰赫尔辛基大学中央医院一项研究调查显示，如果芭比是真人的话，她那瘦削的身材是绝对不可能来月经的，她窄瘦的臀部和凹陷的胃部，都无法达到一名妇女必须有17%至22%的脂肪才能有正常月经的标准，当然不能生育——由此让人叹服解说的力量，翻手为云，覆手为雨。有一本书，叫《永远的芭比》，开卷便说：

> 芭比是一个启示。她并不教导我们如何养育小孩、成为一个依赖丈夫的女人，她教导我们要独立自主……芭比的世界和郊区的小家庭之间相距甚远。在芭比的世界里没有父母、丈夫或子女。她并非经由与男性的关系或对家庭的责任来界定自己。

书中有一章的标题是"我们的芭比、我们自己"。全书最后一句话是："我们已接受了我们无法改变的事实：芭比就是我们自己。"——我纳闷，这个"我们"是谁呢？

至少，我不能认同这个"我们"。

从时间上看，我和这个"我们"属于同一代人。但，芭比不是我们。我们的成长中没有洋娃娃、没有芭比，甚至没有女人。如此不同的成长背景在我们身上留下了怎样不同的烙印？从人类学而不是从女权主义的角度看，它会有什么特殊的意义吗？因此，今天我看芭比，不仅是娃娃，更是一种社会现象，它实在有许多耐人寻味之处，值得我们在有距离的观望中费心琢磨。

比如,芭比诞生在1959年,正值新女权运动前夜——我们该怎样理解它的诞生:是旧时代的尾声,还是新神话的开端?

又比如,芭比是市场经济的产物,又是女人的造物,历经新女权运动不断变换形象,但性感的特征有增无减——这仅仅还是在迎合男人的性欲吗?抑或是女性扩张自身权力的一种手段?

面对眼前如潮汹涌的视觉冲击,女性的身体首当其冲。身体曾是女人沦为"第二性"的根源,如今会成为女性反攻倒算的武器吗?

耐人寻味的是,数十年来国际风云变幻莫测,政治风波不断,无一不反射在芭比身上:从1960年代的"忙碌芭比"和"职业型芭比"到1990年代的有色人种形象,直到刚刚推出的"太空芭比"……芭比经历了时代变迁的风风雨雨,不仅没有落伍,反而被更多人拥有和喜爱——仅仅一个"女性玩物"能够解释吗?

进一步联想:芭比今后的命运如何?

她也会成为我们生活中的一部分吗?

答案几乎是肯定的。

因为孩子们需要比家长更可爱的伴侣,也因为成年人的生活仍然需要梦想。由"芭比现象"可以看到,人类其实永远需要神话和偶像,无论科技如何发展,人心依旧古朴。

11. 城市中的乡间小道

如今说到的"农村妇女",边界已经很模糊了。

如果以户口定位你去寻她们,会失望。在村子里有过半数的人已经很难寻到,三十五岁以下的成年人(包括女人)多半离乡离土。

她们到哪里去了?

到城里去了,到我们中间来了,她们在城市里踏出了一条条乡间小道。

说"乡间小道",是因为这些从农村出来的女人仍然没有城市人的正常身份,散居在市镇边缘或城市人家,从事的工作多半是城里人不屑去做的,如保姆、钟点工、拾荒者……像是社会的最底层,因此经常有外国学者问:"改革以来,农村妇女的情况是不是更糟糕了?"

我常常说:"相反,农村妇女是改革中受益最多的群体,并不是因为有什么针对妇女的特殊政策,而是政府放宽了对整个农民的限制。最大的改变,是他们可以走出土地到城市去打工,这在二十年前是不可想象的事。如今的城市生活对她们也许更辛苦。进城并不意味着幸福,却让她们有了选择的自由。"

话是这样讲给外人听的,但我自己心里明白:这"自由"的前提是背井离乡。离开亲人、热土和熟悉的环境,需要破釜沉舟的决心,也需要勇气和能力。一旦离乡,从此飘泊,居无定所,寄人篱下,丧失安宁的生活,却为改变命运或改善生活条件提供了新的契机。

青岛经济开发区黄岛,这是一个典型的移民社区。

这几年因为经济发展缓慢,有大批商品房闲置,移民速度减缓,却涌进了大批东北农民。在菜场,在鱼摊,在小饭店里,听着一口熟悉的东北腔,吃着东北家乡饭,与女商贩聊天,和做家务的钟点工谈心,这才知道,她们几乎全是举家南迁的。问她们:"习惯了吗?"

"不习惯,没有我们东北好。家里那边有自己的地,乡里乡亲,炕头总是热的。想家呐。"

"为什么不回去?"

"这边好挣钱。"

"挣够了钱回去吗?"

"不回了,孩子们都在这边上学。孩子喜欢这里,气候好,有大海,以后他们就是这里的人了。我们受点罪,还不都是为了孩子啊!"

由此看那"小道",风雨飘摇中,可能也是通向富裕和幸福的康庄大道。

12. 雪莉妈妈的骄傲

雪莉·梅尔汶(Shirly Melvin)是费城东部近郊信誉最好的房地产经销商。多年来,她和她的孪生妹妹玛丽共同经营一家房地产公司。

"玛丽退休不干了,"她说,"可我还年轻呢。"

雪莉其实也年过七十了,朗朗地笑起来,告诉我,她刚刚售出了一座价值70万美元的花园别墅,全砖式古典建筑,在小木屋林立的美国当然是稀罕东西。她亲自开车带我去看那房子,全然是在展示她的战利品。

看着她不服老也不显老的劲头,我想到在中国的我的妈妈。

那年,妈妈刚满六十七岁,比较雪莉却显得老态,好像精气神中少了些什么。

究竟少了什么?

在那块太多苦难的土地上,不仅缺少绿地,也缺乏绿色的情绪和洁净的心境——我为我那经历了太多苦难的母亲心痛,一时无语。

雪莉妈妈

雪莉好像看出了我有心事,她问:"你的妈妈可好?"

"很好,谢谢!"

"她还在工作吗?"

"退休了,在家休息。"

"哦,真羡慕她。听说中国的老人都和孩子们生活在一起,还有他们的孩子的孩子,一大家子人,多幸福啊。我也喜欢小孩子,可是我的女儿就是不结婚。"她挑逗地看着已经四十出头的女儿杰耐特(Janet Melvin),问她:"你有什么好办法?"

杰耐特也逗她:"你是这么独立,我恐怕小孩子会拖累了你。"

"可你们并没有拖累我,不是吗?"她自豪地说:"离婚以后,我自己带着三个女儿,先是做秘书,后来做起了房地产生意。四十年了,我成功了。"

我问她:"这一生中,最让你骄傲的成就是什么?"

她指着杰耐特,不加思索地回答:"她们,我的女儿们。"

她说:"我外出工作,挣钱,不仅是因为需要钱去养活孩子。如果仅仅为了养活她们,我就不会离婚。我要给女儿们一个榜样,告诉她们:一个女人不仅能够生育,也能靠自己的能力独立生活。我成功了。我的三个女儿如今都是独立的人,都读了大学,都献身艺术。她们是我的骄傲!"

想到我的母亲,如果有人问她,她能够这样回答吗?

我想更加努力,为了妈妈也能这样骄傲地宣示世人。

13. 怀念 Janet

雪莉·梅尔汶从美国宾州发来邮件，告知她女儿杰耐特的死讯：她于1999年查出癌症，2002年1月去世，享年五十二岁。

一整天沉浸在难言的哀情中，想念 Janet。

我们1992年初夏认识，是在南开大学的外宾餐厅。

她微笑着迎出来，山一样的气势：个子比我还高，骨架大，鼻梁也高，最有魅力的是那双眼睛，又大又亮，透着纯洁、热情和坚强。

饭吃得很俭朴，仿佛她的个性。

餐桌上，谈得最多的，是她的尼加拉瓜——她其实并不是尼加拉瓜人，而是地道的美国人。她不会说中国话，却不知为什么，她说的我大半能懂。饭后在她的房间里，她给我们看尼加拉瓜地图和她拍的照片。她热爱摄影，父亲是职业摄影师，曾在二战中作为战地记者来到中国，留下了大量中国战场的照片。而在她这里，多的是尼加拉瓜的贫穷和战乱——我纳闷,那么个不起眼的地方,怎么会让她如此动情?

我们彻夜畅谈,听她讲尼加拉瓜,也讲我们自己的事。

感谢那个晚上,感谢Janet。

感谢她帮我打开思路打开了眼界。她敦促我出去看世界:只有走出去,才能更清楚地认识自己和自己的国家。她以自己为例,说:"只是到了尼加拉瓜之后我才开始真正认识美国,看清了它的帝国主义嘴脸,从而选择了尼加拉瓜。"这番话,在她,是不经意的;对我那不假思索的爱国主义,却是一个不小的冲击。

她孑然一身,四海飘泊,问她为什么不结婚成家,她反问我:"请给我一个结婚的理由。"接着,她说到死:"总有一种感觉,不知道什么时候就会死去。在尼加拉瓜,随时随地,我看到了太多死亡,死亡就像家常便饭一样。"

当时听她讲,就有一种凄楚的感觉。

1995年夏天再见她,是在她的家乡,也认识了她的母亲——是在那个时候,她们几乎毫无保留地讲述各自的故事,又一次向我开启坦诚的心灵之窗,用自己的生命诠释女性主义。

我难得那么快那么彻底地喜欢上一个人,不是因为她的美丽或善良,而是身体力行的一种生命姿态。是她让我懂得:一个人,可以就是一个人,不为祖国袒护,不被家事所累,赤条条如赤子一般,为正义而生存。

悲戚中,急切地要找出她的照片——这才发现,我们在一起时总见她在拍摄,我这里却没有一张专门为她拍摄的照片,这是怎样的遗憾啊!

如今留下的,只有天津那个寒冷的春日里我们唯一的合影——从此,我的书房里总有她:一件秀衫一头秀发,挺拔得像一棵白杨,紧靠在我身旁,让我永远想她……多少年来,我常常想到她,在最孤独的时候,庆幸有她做伴。

14. 平等就是一般高

伏牛山区一个小村庄里,我把美国友人艾丽丝介绍给赵九云大娘。

艾丽丝嫁了个中国男人,在福建省福州市落了户,与丈夫和公公婆婆住在一起。如今,说她是"中国妻子"不如说她是"中国媳妇"。丈夫经常外出,她说,她当媳妇的时间比当妻子的时间多。

听说是我的朋友,又听说她嫁了中国男人,赵大娘竟完全忘记了她其实是外国人,当院坐下,家长里短聊起来,说起了她自己的出嫁:半个世纪前,她嫁给了一个从未见过面的男人——那男人此时就站在她身后,宽厚地微笑着,听她连嗔带怨地讲她的婚事,全然在怂恿一个撒娇的女孩子。

大娘告诉我们,因为一双不够标准的三寸金莲,她哭过:"那时候,人家就是看你的脚说中不中呢,小脚比脸蛋儿还排场。"正说着,她一眼盯住了我的脚,当下拉起来搁在自己腿上,用手码着,毫不留情地说:"这要在过去,你可不好嫁哩。"

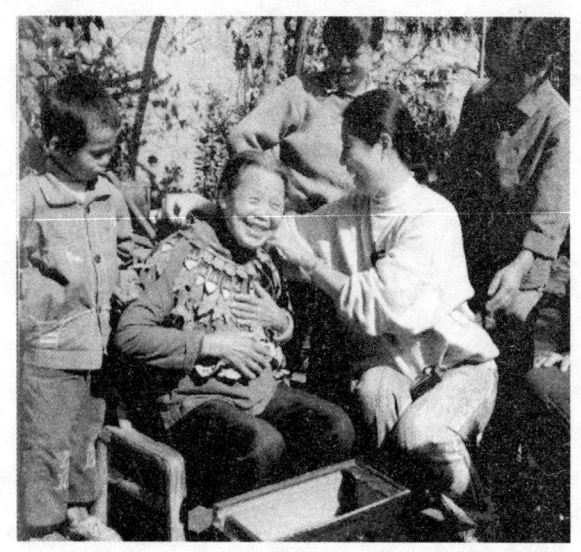

给赵九云大娘戴云披

四周人们大笑。

艾丽丝当真了,虚心问她:"大娘,您看我呢?我能做个好媳妇吗?"

"能行,我看你这人心好,准能做个好媳妇。只要操心服侍公婆,人勤快些,不怕他们不喜欢你。"

有人提醒她:"人家是外国人。"

大娘不服气:"外国人咋啦?外国人就没有公公婆婆?外国人不也做了咱中国的媳妇么?"

艾丽丝问她:"您说,一个好媳妇应该怎样对待丈夫呢?"

"对男人哪?好办,就是一个平等嘛。"

这话让我吃了一惊:"大娘,这'平等'可是个洋词儿,谁告诉你的?"

她倒怪我了:"这还用谁说?平等就是一般儿高,谁也不兴高谁一辈儿,谁也不兴欺负谁。过日子啊,那比树叶还稠(愁)呢。爷们儿娘们儿谁都不容易,得搭着帮过下去。"

这话让艾丽丝听蒙了,一时愣在那里不知如何应答,她那女权主义的战斗理论在"和睦"这里怎么也转不过弯儿来。

"不信?不信你去问问,走遍天下说的都是这个理,家和是福,平等才能和睦不是?"大娘一边说着,一边回头去看她的老伴。

在她老伴的微笑里,我看到了她享受着的那个"福分"。

15. "森之家"的巫女

审校《日本视角:战争与性别》[①],高群逸枝[②]引起了我的兴趣。

庆幸能够在我的放逐岁月中认识这个女人。

高群逸枝是近代日本最杰出的女性史学家。她在战前已有名望,却不是作为学者或史家,而是以其自传体长诗《日月之上》(1912)登上大正文坛,以民众派诗人的代表为人们熟知。在此之后,她写了《离家之诗》(1925),发表了既是恋爱论也是妇人论的《恋爱创生》(1926),公然宣称自己信奉女性主义。

---

① [日]秋山洋子、加纳实纪代主编:《日本视角:战争与性别》,社会科学文献出版社2006年。
② 高群逸枝(1894—1964):女,日本著名的女诗人,日本女性史、婚姻史研究学者,著有《母系制的研究》(1938)、《招婿婚的研究》(1953)等。详见其传记《森之家的巫女》(第三文明社1990年)。此文资料主要来自西川祐子的《总体战与女性》(胡澎译)。

从大正末期到昭和初始,高群逸枝支持无政府主义旗帜下的农本主义,参加了下中弥三郎发起的农民自治会运动——我因此好奇:以男人为主导的农本主义与高群逸枝的女性主义是怎样结合在一起的?

所有疑惑还原到当时的历史背景中其实很容易理解。

明治以后的日本迅速发展,全面西化,因此,多种逆向的反抗力量在社会上暗涛汹涌,农本主义和女性主义都是其中的代表——它们兼有反西欧、反都市、反中央集权、反工业、反资本主义这些反近代的特征,主张回归自然、回归农村、回归日本,具有鲜明的民间意识和本土化倾向,企图开拓一种自给自足、自治的"村"社会。当时的高群逸枝站在"反近代"的前沿,走出书斋,积极投身社会运动,以农民自治会妇人部为据点,站在市民的女权运动和无产者运动的对立面,开展广泛的政治论争和社会宣传——这意味着什么?

这是说,在质疑现代文明、反对近代化和西化的方向上,高群逸枝同时放弃了女权主义的"姐妹一体"和共产主义的"大同世界"。

这让我想到自己曾经的选择,因此想问她:她的自我意识乃至她的焦灼和苦痛,是否也更多地关联着大地而不尽是性别或阶级?

有意思的是,高群逸枝在论争之后曾主持无政府主义杂志《妇人战线》(1930—1931),锋头正锐时,却突然与杂志和运动都断绝了关系,把自己关在东京郊外世田谷的住宅即"森之家"中,重返女性立场,决心为女性解放寻找理论根据,矛头直指压抑女性的家族制度,开始了她的女性史研究。这期间,她一边采取了遁世的姿态,少见世人;一边却在福岛四郎的《妇女新闻》上不断连载随感文章——人是隐身了,声音仍然不绝于耳。

1936年,高群逸枝女性史研究的副产品《大日本女性人名辞典》(厚生阁)发行,1938年她又发表了《大日本女性史》第一卷《母系制的研究》。与此同时,她重新回归市民女性团体,在知识女性中争取支持。她成功了。1937年《女性展望》3月号刊登了"为了感谢高群逸枝女士所从事的伟业,援助其著作出版成功",由市川房枝、今井邦子、平塚雷鸟等五十四人组织了"高群逸枝著作后援会",为她的研究工作造势。

所谓"后援",我看是民间团体的一个重要作为。

以对高群的援助为例,支持她的方法当时有两种:一是个人援助,每人捐三日元或者买书(六日元);二是组织行为,由《女性展望》杂志及时发布相关的出版预告或解说文章(诸如《关于日本的母系制》、《古代的母性》、《关于女性史》、《日本精神与女性研究》等等)——正是在这个"群众运动"的基础上,冷僻的史学研究获得了"热学"效应,让这个孤傲超群的女人在遁世的同时获得入世的声望,将远离世俗的史家趣味悄然融入了人间生活——这对我的放逐岁月是一个新的启发,因此好奇:她怎么也会在盛年的辉煌时刻急转回头,将人生最好岁月的全部精力用做无人问津的妇女史?

智慧的选择,在不同的生命中会展现出异曲同工之美妙。

相似的命运,让探索者在独行的道路上巧遇同志,如沐甘霖。

16. 到北京去结婚

在墨西哥城认识了"飞雪",那年她三十八岁。

她的母亲是荷兰犹太人,二战时从比利时逃来拉美,在阿根廷定居,入籍秘鲁。如此纠结的国籍,让她对民族、国家没有太强烈的认同感。倒是对女人,她很清醒,在多种身份中她看自己就是"一个女人"。

她那鲜明的女性意识是有根的:母亲是一个坚定的女权主义者,姥姥是荷兰妇女组织的第一个领导人——听她这样自豪地介绍,让我相信:女权主义是所有"主义"中最具遗传性的。

飞雪热爱中国,最喜欢北京。她穿的T恤衫前面印有雷锋像,背后是汉字"对待同志像春天般的温暖"。她曾在中国做矿业设备推销员。1989年政治风波之后,外国公司对中国制裁,她不得不离开北京。为此,她很不高兴,想在外面游荡两年,待中国情况有所改变再返回北京。她把北京当作自己的家,信誓旦旦地说"将来一定要生活在那里"。

正当满世界都看中国不那么顺眼的时候,听她这样讲,反倒感觉异样。问她为什么,她笑而不答;再问,她说到了"女人"。

因为做生意,飞雪曾经深入中国社会内部,因此有她自己一些独特的切身感受。不是学者,也没有什么政治偏见,她说:"作为女人,在中国工作很容易,很舒服,那里没有什么性别障碍,没有人因为你是女人而刁难你。在墨西哥,在整个拉丁美洲,根本不可能那样平等。"

身为女人,她有自己的观察和判断。她发现中国男子多半会做些家务,在家里能善待妻子,因此断言:"如果选择丈夫,最好找中国男人。"作为犹太人,她认为,一般犹太男人之所以喜欢中国女人,是因为她们平和,"不像犹太女人那样吵闹,学得像西方女人一样不安分,争吵不休"。她说,中国女人的平和并不是因为软弱,而是因为聪明,"因为她们知道什么事情能做、什么事情不能做,她们从内部就能悄悄地控制男人和整个家庭"。因此她又断言:"恰恰是在中国家庭里,男人一般都听女人的。"

她曾在日本生活六年,没有交上一个真正的日本朋友,认为日本人很封闭,与他民族的界限划得很清。相比之下,中国人开放,待人热情。她在中国仅一年半就交了许多朋友。亲眼目睹,亲身感受,因此她敢说:"做一个女人还是在中国好,社会和家庭都会帮助女人。"

讲到自己的经历,她是独女,父母亲从来没有告诉她女人应该结婚嫁人,只是不断地鼓励她读书和工作,因此她拼命地读书、工作……三十多岁了,从来没想过结婚的事。直到不久前,"突然感到厌倦了,突然极想有一个家庭"。她说:"也许是中国的家庭气氛感染了我。中国几乎所有的人都有家庭,老人爱孩子,包括未婚的、年长的、单身的……都是这样。"从那以后,结婚这个念头一直纠缠着她,她说她想念中国,是因为她想要一个家!

她这一番话,说得艰难;我听这些话,如雷贯耳。

我是有家的,顺应自然和社会环境,从来没有想过"家"有什么特别的含义。听她的故事,自觉自己"身在福中不知福",第一次为自己的愚钝而吃惊。听到最后,当她说"如果要成家就应该到中国去",还是忍不住追问:

"为什么?"

"因为安全。"她说,"在这里,家庭似乎并不那么重要,结婚会有很大的风险。中国不一样,中国人都生活在家庭里。在那种社会环境中,一个完全是单身的人会感到自己是社会之外的。特别是节假日,人人都有家,都在自己家里,没家的人会感到很孤独。"

没想到,家庭,这个让中国女人双肩负重难以摆脱的历史包袱,在外人眼里真是个香饽饽呢!

17. "龙旋风"的柔情

在歌德的故乡法兰克福,和移居德国的台湾女作家龙应台谈到职业妇女的孩子养育问题。当年在台湾刮起过一阵社会批评"旋风"的她,如今幼儿缠身,终日在家,恪尽母亲职责。

和龙应台在德国小镇

同是做母亲的人,话题很自然地围绕着孩子。她比较台湾和德国。在台湾,大多数做了母亲的女人继续工作,职业家事两头忙,难免委屈了孩子。而在德国,由于托儿制度不健全,养育孩子往往以牺牲母亲的发展为代价。德国统一后这个问题很突出,在女界引起了激烈的讨论:究竟应该顾全孩子和家庭,还是应该充分发展自己?她问我的感受。

我的孩子是在幼儿园长大的。如果社会上没有健全的托儿制度,即使我想独立做事,也不可能在儿子刚满两岁时就到外地去读了研究生。当年,子幼离家,每每难舍难分,痛苦和负疚之情刻骨铭心,至今不能忘记。

今天回头去看,却没有太大遗憾。我的发展无疑也有助于孩子的发展。我们各自在不同的环境中发展了自己。我少给予他的,他学会了在自己的生活中寻找补偿。作为独子的他,能够顾全大局善待他人——这不是我,而是他自己的生活教给他的。他曾告诉我,他怀念童年,尽管没有我的日常照料,他的童年仍然充满快乐。为此,我感谢我们的社会中虽然不尽完美却比较健全的托儿制度。

龙应台带着她特有的怀疑态度听着我,她的情况当然和我的很不同。

在这里,她请了保姆帮助照料孩子,使得她每天仍然有时间能够独处写作。那保姆是一位南斯拉夫姑娘,被战火驱赶来的。她还请了家庭教师,每天定时到家里来给孩子们上课。她说,有了孩子以后,做母亲就是她的职业,她无法想象:一个母亲怎么能把自己亲生的孩子托养在其他人家或"场所"。

我没有反驳她,看着她与两个孩子闹成一团,想到我自己曾经的感受。

像她一样,我也有过恨不能以母亲为职业的艰难时刻。在初为人母的岁月里,我相信,每一个女人的天职就是"母亲"。那些年月里风雨无阻频繁往返于家和单位,无数次想过放弃职业,只想单纯得就是一个"母亲"——如此念头并非我独有,包括居里夫人在内的所有职业女性在生育之后难免都有这相似的经历和相同的念想。

我不想为自己的缺憾辩护。不同的社会环境造就了不同的"母亲",如同不同的自然环境造就了不同物种。我以为,一个良性发展的社会,应该既有宽容精神,又能对个人切实负责,让那些愿意回家育儿的妇女"可以"回家,也让那些不愿中断社会工作的母亲"能够"继续发展。为什么要把妇女的发展和孩子的利益置于一个两难选择的困境中呢?

果然,当我们的目光离开孩子转向社会,"旋风"呼啸起来:她批评德国社会像一张大网束缚着女人,迫使女人变成家庭的奴隶、孩子的奴隶。"做了博士也不行。"她自己就是做了博士的,因此她有资格说:"在德国,做牛做马都行,最好做狗,就是不要做女人。"

这一来,反倒是我有些同情她了。

18. 走自己的路

在旧名片夹中发现了 Philida 的名字,让我吃惊不小。

这个世界不大,十年河西,十年河东。比如眼前的 Philida,1974 年在新西兰建立了第一个妇女研究机构,曾是维多利亚大学妇女研究中心主任。1988 年我们通过信,她曾寄来相关的女性研究资料。1989 年"事件"过后不到一周,她来信邀请我去"讲学"避难——怎么也想不到,十六年以后,往事早已暗淡也忘记了她的名字,她却突然出现在面前,来到我的大学讲学。

似乎是认识的,其实很陌生。

她后来走的路,像台湾那个吕秀莲,在新西兰参政,出任两届国会议员。在国会里她跟一个年轻的女上司打得不可开交,以至换届时两人都下了台。这事印证了我的看法:号召人们信仰"主义"的人一般都不在自己身上实行自己宣扬的主义,女权主义者也难有例外。"主义"像棍子,通常是专门用作打倒别人为自己开路的。讲到新西兰妇女研究的衰落,也印证了我的判断:同样衰微的还有丹麦的阿胡斯大学、荷兰的 ISS……个个都是开不出课最终丢了位置,跑到发展中国家传授过时的课程,给人"卖下水"的感觉。

她的丈夫 John 与她同行。

John 曾给新西兰总理做过三年经济顾问,这是第一次来中国讲学,题目是"对可持续发展的若干建议"。我去听了他的讲座,越听越纳闷:完全不了解中国,怎么就敢如此自信地给中国的经济发展开药方?不难想象,他的讲座不受欢迎,因为开头这句话"Most of people in China are poor and uneducated"(在中国,绝大多数人贫穷,没有受过教育),一下子就与在座的师生拉开了距离,让人们对他的发言保持高度警惕。

事后我们聊到发展,我问:在新西兰,他给什么人讲解这个"发展"?他回答:主要在企业,对员工做培训。所谓发展,一般是指企业内部的经济增长,"It's too narrow"(那是很狭隘的)。他这样说着,脸上露出些微尴尬——是呀,我更奇怪了:明知发展存在差异,怎么就能那么坦然地用那个"狭隘"来定义这里无限开阔的发展空间呢?

让我们走自己的路吧!

这话,女人曾经对男人说过;如今,请听我们说……

19."女权主义"信息

齐齐去巴西参加了两个妇女 NGO 大会,满载着"女性主义"信息胜利而归。

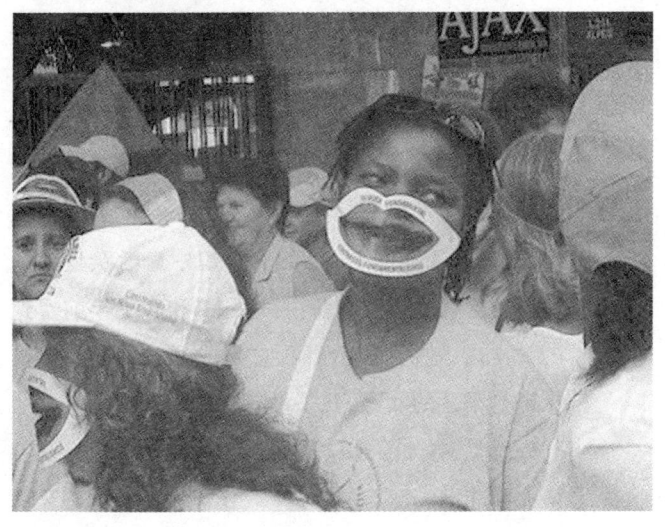

大嘴巴(巴西会议)

第一个大会是"女性主义者对话",三百多人,除她之外,无一教授,亦无另一中国人。第二个会更是人山人海,三万多人如同一个大集市,像是集体宣泄的骡马大会。

往返路途辛苦,难得路途也长见识,让我们很开心地分享了她的诸多见闻。

- 在北京去米兰的飞机上,半数以上是温州人,长年在意大利打工,做服装和餐饮业。数小时内,他们就能将机舱变成乡村集市里的垃圾场,让米兰的清扫工人瞠目结舌。回来的飞机上至少有二十多个婴幼儿,在外打工的人逃避了计划生育,却可以坦然将"外籍"孩子托人带回老家寄养——齐齐说:那些意大利人恨死了中国人。
- NGO会场上最活跃的是非洲女人(和我在非洲的感受一样),她们与西方并不隔绝,殖民地的历史成全了她们的成长。与欧洲和美国妇女交流,她们既没有语言阻隔也少有宗教障碍,且个个强悍过人,远不是我们想象中的"弱势群体"——齐齐问:究竟是谁定义了那个"弱势"?
- 无论哪里,亚洲的NGO妇女组织中最活跃且到场最多的永远是印度和菲律宾女人(和我十年前看到的一样)。她们服装艳丽,总是成群结队的。很少见来自东亚的女人,几乎没有韩国人和中国人——齐齐感觉:女性NGO最活跃的地区,集中在拉美、南亚和非洲。
- 这种大会上少有学者。即使有,也因为相关的研究课题以个人身份到场。学者在这里恰恰是"失语"

的人。所谓"大会",更像一个私欲宣泄的场所,日益成为同性恋公开的活动场地。到处是声音,罕见有人耐心倾听——齐齐好奇:人人都在呼吁人们关注自己,不知道是否有人或有闲去关注他人?

● 女性的会议真就是女人的世界,少见男人,因此很容易就变成了少数女性圈子里的事。十几年过去了,一如既往,"堕胎"和"性权利"(包括同性恋)一直是两个争吵不休的主题,当初是在"反对对妇女的暴力"的旗帜下,如今与"反原教旨主义"结合在一起——齐齐纳闷:不知道这与我们有什么关系?

还有一个信息,跟女性主义似乎没有关系。

在这种群众性的国际会议上,曾经趾高气扬的美国人如今很难堪,做自我介绍时,她们只说自己所在的城市(如纽约、波士顿等)而不再那么自豪地宣示"美国";出入海关也麻烦,要排队等很长时间做特别检查,按手印,验身份……和过去的"扬长而去"不可同日语——齐齐因此好笑:当年 Chinese 和 China 一起倒霉,如今轮到 American 和 America 一同倒运,女性主义也难逃株连的厄运啊!

20. 祖母们的故事

八十三岁的许氏是一位普普通通的农家妇女,一双小脚,盘坐在热炕上,娓娓讲述她的一生——在她生命的河床上,悄然流淌着绵续千年的中国女人的故事。

录音机打开了,她看着它笑笑,并不介意。

她面向我们,却并不看我们,也不看录音机,看向窗外——那是我们目光不及的地方——"开始了?好吧,那都是旧社会的事了……"

我四岁那年开始包脚。包脚真是受罪,疼得要命,路都没法走,都是我妈背我上厕所。我两只脚的脚趾头全都烂掉了,现在我每只脚只有四个脚趾头。我爹看我包脚受罪,想叫我到姥姥家念书,说念了书可以不包脚,那时我舅是教书先生。可我们那儿没有女孩念书的,我就宁肯受罪包脚,也不去念书。我也是可怜我妈,我要是去念书就没人帮她干活了。再说,闺女的脚包得不好说明当妈的没当好,没有功劳。那时人们都说"过日子火要紧,养闺女脚要紧"。脚包得越小越好。如果闺女出嫁是个大脚,人家就要笑话。我家的邻居孟大嫂两口子很好,可就是脚大,婆婆提起她就气呼呼地说自己家娶了一头老母猪。那时候新媳妇一出门大家首先看的就是脚,谁家媳妇俊,谁家媳妇丑,就是看脚的大小。

我是六岁时订的婚,我男人那年才两岁。别人做媒,父母做主,我自己什么也不知道。我是到要结婚那阵子才知道我男人比我小四岁。我很生气,对我妈说不愿意找个比我小那么多的人。我妈劝我说:"听说他妈很老实,家里人口又少,你过了门少生气。"那时候咱村的女人差不多都比男人大。婆家也愿意找个大媳妇,好早点为他们家干活呀!结婚时我男人才十五岁,还是个半大孩子。

结婚那天晚上,客人都走了,只留下我和他,他害臊得不知如何是好。差不多一年多时间,他都不敢碰我一下,更别说同床了。三年后我才怀孕生孩子。

我一共生了十个孩子,活了八个,六个是女孩。

这么多孩子都是我自己生的,没有请过人接生。有一个孩子羊水破了,两天才生下来,我也就那样挺着不去找人,可遭了不少罪。孩子生下来后又大出血,没法收拾,就叫我男人掏两篓灰(做饭烧柴草的灰)倒在炕上,再铺上席,我就在席子上任血去流,也没去请医生,差点要了命!

我生孩子没坐过月子,第二天就下地做饭,第三天就到河里洗尿布。生了这么多孩子没吃过一只鸡、一两肉、一两红糖,只喝小米稀饭,鸡蛋也吃得很少。我生第六个孩子时家里没有吃的,只吃点玉米面掺野菜做的菜豆馍。没有奶水,孩子饿得整天哭。月子里没休息好,落了很多毛病,胳臂、腿都痛,差一点瘫了。每年秋风一吹,我的大腿就裂许多口子,疼得很,严重时走路都困难……

我今年八十三岁了,生在农村,长在农村。

干了一辈子活儿。不能干活就是要死了。

我不怕死,烧了(火化)我也没意见。

悉心倾听她的故事,难得听到真正属于她自己的生活,生生死死,总是孩子丈夫、婆婆媳妇、衣食住行、家长里短……整个叙事淹没在千篇一律的家务劳作中。我以为是我们的失误,想尽办法力图挖掘出她们生命中的"亮点",没想到,那"亮点"总在出嫁之前的准备和嫁人的过程中:

结婚那天早上女家要请女婿吃饭。放两把凳子,男左女右。一进家门;送客的将一把筷子使劲一搓,"唰"地撒在地下,是说过日子快快地富吧。吃了饭我就得上炕,两只脚就不能落地了。我上身穿了一件红布右襟衣,下身穿绣花红裙子,鞋也是红的,绣着花。上轿时用红被包着,我小舅把我抱上轿。下了轿脚不能踩地,用两张席子倒着往前走。手不能扶墙,走到院子中间拜天地。一张桌子上摆八个大馍馍,四个一箩,上面插着花,还点着两根大红蜡烛,夫妻俩跪下拜天地……

这个出嫁的过程,能够超越岁月的阻隔,细细道来,如数家珍——女人一生中最辉煌的记忆,似乎总在出嫁那一天。

这样反复多次访谈之后,我放弃了在"人生"意义上徒劳挖掘,终于明白:我们的祖母一代是前辈无数女人的缩影。她们用自己的全部生命托举生活,延续生命,抗拒死亡,生生不息,因此才有了今天的我们。

祖母们的故事是我们的过去我们的历史,那里深埋着我们的根。

21. 孟加拉印象

张宏从孟加拉开会回来,第一次出国,去的是第三世界,颇多意外的感想,喋喋不休讲给我听,主题不是女人,是贫穷。

她感慨:"怎么会那么穷!"

很难看到独特的建筑,国会大厦是世界知名的外国建筑师设计的。会议由达卡大学主办,却没见到这所校园。会场在使馆区一所宾馆里,位于首都最好的区域,出门仍然尘土飞扬,到处是衣不蔽体的穷人,"还不如我们这里进城打工的农民工"。她去到一所私立大学参观,在近郊,"就好像在荒郊野地里",到处是杂草,却可能是唯一"能拿出手"的校园。相比之下,会议主持人的家显得格外阔绰富裕,有仆人、管家、保姆、司机……她们这批"女权主义"教授几乎个个富贵,全都是在美国(至少也是在印度)取得博士学位,她们的孩子几乎全部送到国外去读书。

她感觉,孟加拉的教育制度也深受殖民历史的影响,西化色彩浓厚。大学没有统一教材,各系可以独立设置课程。这种制度下,妇女学才有可能以一个跨学科院系的身份取得一席之地。大学课程很多,四十多门,全部是引进的。哪个国家给钱做项目,就引进哪里的课程和专家。比如这次项目,由荷兰社会科学院(ISS)资助,专家来自ISS,课程几乎就是那里"性别与发展"课的翻版。课程重复讲授因此成为她们"最大的问题"。

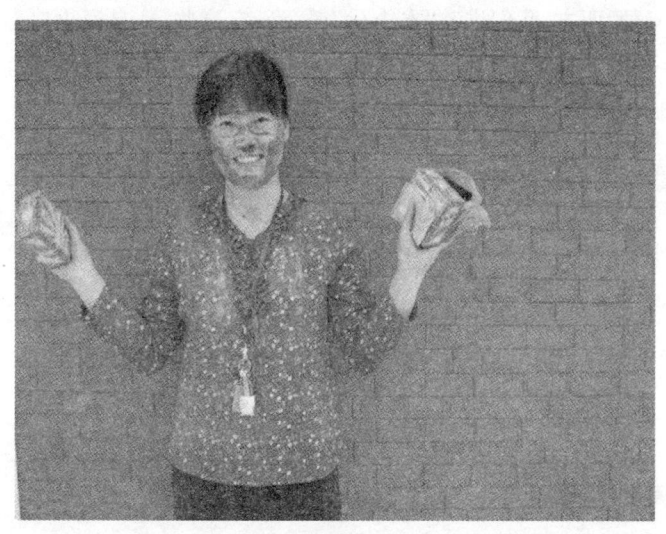

张宏在印度

几天会议下来,她们讨论的就是怎样避免"重复",根本无人涉及"本土化"。本土问题是当地学生提出来的,说教材都是西方的,与自己的社会现实有很大距离,他们感觉"很陌生",却没有得到任何人关注。

为什么问题明摆在这里却无人呼应?

很简单,因为她们根本就没有或者已经丧失了迎合本土需求的欲望。全部欲望都在迎合西方基金会以争取更多资金,这与今天中国学界的情况非常相似。可见所谓"援助"的后果:如同吸毒,一旦上瘾,成为"基金瘾君子"几乎是唯一的去路,圣人也难免俗,除非你干脆就不要沾它!

张宏讲的情况我们并不陌生。

我们做出的却是另一种选择:她们讲独立开课,我们讲"渗透";她们建立独立系所,我们反对"分离";她们全盘照搬西方,我们讲究"本土化"……所有这些,一旦说出口,像唱对台戏。张宏的观感进一步证实了我对西方"援助"的质疑——但,什么时候讲出口,这还是一个问题。

难得张宏是个爱思考的人,读书识事,书与事的交接中总有自己的问题。从孟加拉回来,她的女性立场有所动摇,后殖民问题成为她关注的焦点。她看孟加拉像新殖民地,"一个展示不出自己民族特性的国度,除了贫穷"。

正因此,在那里,一些女性主义者也能反映当地男人的声音:"为什么只关心妇女贫穷?男人不也穷吗?"这种声音仿佛是发展中国家知识分子共同的声音,只在相似的国情环境中引起共鸣——因此,不由你不追问:

贫穷问题,为什么在西方女权主义历史上长久缺席?

女权主义者面对自身的"贫—富"差距当真可以那么超然吗?

22. 阿信的日本

这些天持续看日本电视连续剧《阿信》。

重读,是为了在"亲历"之后细读日本。

亲历是一份资源,可以在文字和影象背后读出更多人生的意味。比如《阿信》,曾经看的是一个日本女人坚韧不屈的励志精神,为之感动;如今看的是阿信身处的那个日本,在对比中思考我们——中国人和日本人——各自的生活。

日本曾是一个佃农社会,全社会几乎都是文盲。明治维新解决了国民教化问题,却没有解决国内最主要的社会矛盾:佃农问题。尽管有志士仁人(如浩太先生)从事农民运动,却总一败涂地。倒是日本战败和美国占领,彻底解决了日本社会最深重的土地问题,由此迫使我们深入思考战争的作用:于人,是灾难;于社会改革,或许是福音。

另一个主要问题是吃饭。整个片子浸泡在"饥饿—吃饭"的焦灼感中,可见近代以来"吃饭"问题在日本同在中国一样,于普通百姓十分重要。生死边界,一向守规矩的日本人其实既不君子也不淑女。战败后的日本几乎人人都靠非法途径(黑市交易、投机倒把、卖淫卖笑等)谋生。它的经济复苏借助了朝鲜战争的力量,有阿信作证:"说是憎恨战争,可这个韩战倒是帮了日本的忙呢!"战时,工厂人手不够,招收了许多家庭主妇,这与战时美国和欧洲的情况一样,是战争"解放"妇女的又一个例证。

阿信是反战的,却被迫投入了战争并从战争中获得利益。尽管战争夺去了她的丈夫和长子的生命,像是悲剧的——但,倘若是胜利者,她和他们还会有道义力量去检讨和反省战争吗?

在主人公的人生处境和命运颠簸中,只见家庭的作用,不见家族力量;看到了长子继承和入赘的具体运作,却不见宗族社会的影子。加代和阿信的丈夫(龙三)都自杀身亡:前者死于股票投机后的倒闭,后者死于支持战争后的战败——可见日本男人的窘境。这两个男人,前者是入赘的,急于在新家中证明自己的能力;后者是地主的三子,没有土地和房屋,不得不自己创业,入伍和经商是无家产的年轻男子的正常出路。难怪龙三会积极投身战争,他在战争中找到了一个男人的尊严和自信;也难怪那么多日本人自愿加入"蒙满拓殖团"远征中国东北,因为在那里能实现他们"做地主"的梦想。

有人讲,看一个社会的真相或了解一个民族的历史,最好的办法是读文学作品(如今还有电影和电视)。我信这个,并身体力行。比如阿信,她的一生贯穿1910年代到1970年代,是日本从近代走向现代、从战争走向和平、从黩武走向经济建设、从贫困走向繁荣的大时代。从中我们看到,对普通日本人日常生活影响最大的,并不是政治制度或经济政策,而是天灾(如地震)和战争——这也可以看作是中日社会的一个重要的差别吗?

23. 好样的多丽丝·莱辛

多丽丝·莱辛获 2007 年诺贝尔文学奖。

这奖实在来得太晚了,她已经八十八岁——好在,依然故她,依旧顽童模样。对各种奖励,她并不盲目乐观,总会做出自己的选择。

莱辛早年生活在非洲,处女作《野草在歌唱》(1950)——仅这个书名就足以让人陶醉——使她声名鹊起。正因了她的非洲经历和她的非洲书,她曾拒绝女王授予的"大英帝国女爵士"封号。在拒绝信中,她既不感恩也不客气,问:"大英帝国在哪里呢?"由此,她讲到年轻时的努力:"我曾尽我所能去消除掉我置身其中的大英帝国,即过去的南罗德西亚地区。而到了老年,去接受年轻时予以攻击的机构的荣誉,这对于一个人来说显然是有点不知羞耻了。"

诺贝尔奖让中国人眼热很久了,在她看却是一场"天大的灾难"。这飞来横祸打扰了她平静的生活,无休止的访谈和拍照让她不胜烦恼。瑞典文学院在颁奖公告中夸她:"用怀疑、热情和构想的力量来审视一个分裂的文明,其作品如同一部女性经验的史诗。"她在获奖辞中却讲了一个非洲女孩渴求书籍的故事……讲到最后,依旧是莱辛式的怀疑和她特有的追问:

> 那个在尘土飞扬中艰难跋涉的可怜的女孩,梦想着自己的孩子能接受到教育,我们觉得自己比她好吗?我们,饱食终日,衣柜里还挂满了衣服,在这样的奢侈中窒息的我们比她好吗?

在那个赋予资格的严肃场合,她当然最有资格反躬自问:"我觉得正是那个女孩,还有那些三天没有吃饭却在谈论书籍和教育的女人,才能界定我们是什么样子的。"

辛辣的语言,睿智的提问,顽皮的笑容——这就是多丽丝·莱辛!

我喜欢莱辛独特的自传体作品,也喜欢她的创作状态:生死纠结。

她一生都在写作,却看写作如下地狱,"有时候,写一本书可能会比到地狱一遭还要糟糕"。在写作中,她经由地狱进入天堂——无论地狱还是天堂,都与她身处的世界保持距离。她公然嘲笑这个世界的浮躁:

> 普鲁斯特如果是在今天的话,可能都不会有人出版他的书的,因为他的作品需要花费很多时间才能搞清楚什么是什么。而今天的作家们的书是一本接一本

的,主题结构一目了然。现代出版公司的会计们肯定会说,"太长了,太精英化了"之类的话。一本文学巨著就可能因此而失传了。

她拒绝喧嚣,甚至拒绝"文明",从不打算与时俱进。

她的忧虑不在退步而恰恰来自所谓文明和进步:"就拿因特网来说吧,我知道人们都非常喜欢因特网……这可是需要提高警惕的。"当人们很方便地使用着传真机、电话、电子邮件和网络的时候,她却敏感地觉察到:不知不觉中,我们正在"丧失我们的记忆力"。

为保存历史,她写作。

为挽救记忆,她坚持原始的写作姿态。

面对这样的莱辛,不知中国的诺贝尔迷做何感想?

24. 俄罗斯情结

1970年代秋山先生曾受雇于前苏联一家出版社,从事俄译日工作,翻译大量有关国际关系的文件、论文和文学作品。日后赋闲在家,是因为市场行情不佳:俄罗斯不再向世界张扬自己的意识形态,日本从来就不情愿向外推销或介绍自己的主张,俄日双方因此都不再用他——他被闲置,像是一个时代的悲哀,逼他以出世的态度对待自己的生活。

问他:"是否想念俄国?"

他说:想俄国的人——仅此而已。

妻子补充说:那里的人很好,可是整个国家怪怪的。以前以为是体制问题,可现在它还是这样,可见是民族性选择了"体制"。

他的妻子秋山洋子教授是我的老朋友,在大连大学做访问研究一年,因此我问先生:"是否希望她回去?"他说:还是回家好——是自己的家嘛!

和秋山洋子干杯

"如果俄国那边让你去工作,你会去吗?"

他愣了一下,眼睛里流露出一种柔情,缓缓地,但是坚决地点了点头。

瞧他这一家子:先生学俄语,在俄国多年;妻子学汉语,无数次来中国;女儿学英语,在联合国儿童基金会工作,嫁了坦桑尼亚人,生了个混血孩子——由此看日本:它有这样一个国际化的家庭、这样一群"左翼"知识分子,为和平和社会正义倾毕生精力,潮涨时不张扬,落潮时不抱怨,终生坚守自己的理想和生活原则,可敬,也很可爱。

我们说到当代中国,有一个共识,那就是不过半个世纪,一定还有巨变:以国强民富为基础,以政治变革为契机,以找回1980年代为特征,以清算历史为主要内容——以上因素一个不可或缺,我称之为"思想复兴",她说这也是

"思想革命"。凤凰涅槃,浴火重生,是对这块大陆这个民族若干年来道德沦丧、精神堕落、信仰危亡的必然回应。

我以为,我们一代的历史使命远没有完成,是因为我们的生命体验续接着上一代的探索和下一代的残缺——这个残缺源自这些年来的"集体遗忘",非得我们一代以尚且存活着的肉体去抢救以保全那份珍贵的历史遗产而不能弥补,因此总在敦促自己和朋友们:好好活着。

秋山的问题是:那日本呢?

今天,日本的"右翼"势力日益昌盛,"左翼"失了群众也少有阵地。

十年或二十年时间里,日本也会有一个"革命"或"复兴"么?

不同国家有不同的问题,周而复始,总在演出十分类似的历史剧,它的名字叫"革命"!千百年来,人们似乎早已将前世后世各种"革命"的剧目都演尽了,使得革命成为一门可以习得的功课——从那门径里走出来的人被称作"革命家",野火春风,前赴后继,永无绝期。

熟悉历史的人都知道,无论人们怎样厌倦革命、文化人怎样宣示"告别革命",革命和革命家一准会应时到来,总在民众一呼百应聚集上街的热烈时刻——我们都曾身临其境,无须交流,心照不宣。因此,在可能有所选择的太平时候,我们已经做出相似的选择:

革命到来之前,为人们在喧嚣的热闹中可能有更清醒的选择做一点事——我称之为"后乌托邦批评"——为此,我们自嘲:

这是不是一种别样的"俄罗斯情结"呢?

25. 东方与南方之间

科索沃战事最凶时,特意又看了米拉·马尔科维奇的政治日记(1994年9月—1996年10月)。米拉是社会学教授,激进派"左翼"领导人之一,丈夫做过南斯拉夫总统。将日记定名为"东方与南方之间",是因为她看南斯拉夫就处在这样一个特殊的政治地理位置上。

对"南方",我没有太多切身体验,尽管我出生在南方。

说到中国,我们想的是东方。

面对欧美,我们想到西方——中国因此还是"东方"。

但是,"南方"是客观存在的,以它自在的品格界定了自己的方位。

一种声音也会开启一扇窗户,比如米拉的声音,让人发问:南方是怎样的?

米拉这样介绍南方:

南方带给我们的是儿童般的易受伤害,极度的非理性,几乎难以泯灭的活力,无法估量的开朗,危险的无组织性,崇尚宗法制度,明显的不负责任,无法医治的懒惰,不知情理的卤莽,显露于外的焦躁,世界上最豪爽的粗心,善于忍饥挨饿衣不蔽体,又不善于孤身独处。

读到这样的文字,你不能不惊叹它所产生的动人力量,字字都有痛感,理性判断中,更多的是来自"切肤之痛"的情感体验。

因痛而思变。

和米拉一样,处在求变的"转型"过程中,我们有相似的痛感。

"左翼"的米拉敏感了"转型"这个字眼,她说:"转型这个词和概念正在替代社会主义这个词和概念。结果似乎是,过去是社会主义,而现在是转型。"——借用当下时髦的说法,我们可以称之为"后社会主义"现象么?

显然,一个"后"字很难解释复杂的转型过程,更何况,转型后的社会主义国家再也不可能重新统一在一面"后"的旗帜下。

但是,"转型"已经不可避免。

因此要问:转向何方?

米拉因自己的切身经历否定了过去的社会主义,同时也拒绝现行的资本主义,对外来势力外来影响以及拿了"人家的钱"的党派和个人尤其痛恨,说他们是"叛徒","正在把自己的国家变成人家的殖民地",总有一天"不会逃脱历史的审判"……这番怒斥让人联想到孙中山,他是拿过人家的钱的；还有戴高乐，干脆就入了人家的伙，在外国人的土地上搞过军队。还有很多，如胡志明、金日成、格瓦拉……都曾奔命异乡，都是叛徒吗？

可爱的米拉，你的民族气节使我想到我们的过去。

在今天这样一个世界格局中，怎样界定"人家的"和"自己的"利益界限？还能用一个"民族"或"国家"的疆界去丈量是非吗？米拉说："4年来，东欧一直处在殖民化的过程中。"我想说的是：在全球经济一体化时代，在已经走过了殖民主义的"后殖民"时期，即使你想"殖民化"，当真可能吗？

米拉其实并不截然排外。她最爱的是俄国，对俄罗斯的冬天有一段精彩的描述，十分动情。她说："俄罗斯的冬天是世界上最美丽的冬天。"因了安娜·卡列尼娜，它是一种审美现象；因了十二月党人和十月革命，它是社会现象；因了拿破仑入侵、斯大林格勒战役，它是一种政治现象……还有一句话，说得惊心动魄："我不相信，有谁会通过白雪，凭借军队去征服俄罗斯和莫斯科，世界上最美丽的冬天保护着俄罗斯。"

一时怆然：哪个季节属于我们？哪个季节曾经保护过我的祖国？

哪个季节又曾特别厚待过南斯拉夫呢？

天不助人，人当自助。

米拉在寻找出路，仍然坚持"左翼"方向，既看清了前社会主义的困境，也看到"当前民主被使用太滥的危险"，因此想另辟蹊径："我越来越觉得，民主的命运很可能跟马克思主义一样"，因此她想召唤人们"走我们没有走过的路"。

那是一条什么路呢?

还要召唤所有人们走在同一条路上么?

将那本日记摊在书桌上,距离字纸上的岁月,日历已翻过了很多。

还须我去寻她追问么? 倘若敞开胸襟,坦然接受一个各色人等共存的地球村,她或许也会和我一起发出这同样的声音:

——为什么不可以有许多路(包括右翼的路)让人们自由行走?

——倘若仍然纠缠在南北东西之间,当真会有什么好的出路吗?

26. 山海家园

孙惠芬①的老家在庄河城东十八公里外的青碓子镇山嘴子村,距黄海岸二十公里。站在村口,可见两边浅山,叫它"山嘴子",可想该是距山不远。

有趣的是,惠芬在这村里生活了二十五年,月月赶海,却从未去爬过那山。这着实让人纳闷:难道与山的距离感也会让山成为一个可望而不可即的梦么?她笔下那些"山的女人"是否说的就是她的梦中故事?

问她:为什么从不进山?

她说:不为什么,没想过为什么,跟着村里的大人小孩,一边倒地去海那边赶集、戏耍、看海……那里有镇子、有商店、有远方……不经意间,她的回答向我揭示了山与海的

---

① 孙惠芬,女,现任辽宁省作协副主席。她的中篇小说《歇马山庄的两个女人》(2002)和长篇小说《歇马山庄》(2000)均为获奖作品。

别样寓意：山是进入，对守候着土地的人们而言，是更加封闭的生活；海则意味着出走和远行，承载着未知的希望和诱惑，催人离乡，昭示着人们向海天外追求幸福、创造人生的未了情结。

惠芬一家从祖辈到她这一代，无论男女，个个向往海天外的生活。海对他们来说，意味着走出农村，远离土地，永远结束"脸朝黄土背朝天"的农人生活。

在孙惠芬（右二）老家老屋

上天佑人，如今她一大家人全都离开了老家的老屋。那原本是村里最堂皇的老屋就那样荒置在老家的土地上，像最后的守门人，无言地守候着尘封的往事和故土的记忆。

在惠芬的大哥家见到了他们的母亲。

老人家已经九十岁，面目清秀，腿脚利索，生机依旧昂然，让我们这些后生晚辈汗颜。她是受过苦的人，文盲，却出落得大家闺秀一般。坐在堂屋里,听她一家人讲过去的事:吃大食堂的困难时期孙母在食堂干活,1961年生了惠芬。那年景,多半人饿得性命难保,能够生育真是奇迹!我们因此玩笑惠芬,说她的出生是一个"特权"。

在性情上,惠芬像她母亲,温和,平实,周全,生于贫寒却端庄傲然。说到母亲长寿,她说这与老妈的好性情好心境有关。妈妈爱吃炖菜,很少喝水,每天喝几两红葡萄酒。如今老人日日缝旧布片排遣光阴,穿针引线,眼不花,手不抖,竟然成瘾(这似乎也是她长寿的秘诀之一),来往亲友都积攒些碎布送她。那些碎布被拼成手帕大小,针脚整齐,花色讲究。我斗胆索取几片,至今没舍得使用,在书架上供着,像供奉一拓福气。

回程路上,说到家乡和老屋,惠芬诚恳坦言:"小江老师,不瞒你说,一进那破屋我的心就'咯噔'一下,让我想到过去的苦日子。不知道你们怎么想,我可是一点都不想回到那样的环境里。"如今她的家在远离乡村的现代都市,说是"还乡",宁可在梦中在笔下在故事里,而不是在现实生活中。

她的话让我好一阵想。

曾经,羡慕宋祖英有条劢洞河、孙惠芬有座歇马山……我羡慕所有那些有家乡的人,无论天涯海角,心思总有归属。但只是出来,与惠芬同行,我才看到有家之累:家乡太具体了,就如家庭太大了,一样是负担。

当你和家人的距离已经拉开,回乡其实很困难。故人不仅可能阻断回乡的道路,也可能在无可测量的距离感中消解了思乡的情怀。

"还魂的鬼是丑恶的。"

难怪琼玛拒绝再见牛虻,为保鲜。

也难怪功成名就可以衣锦还乡的人宁可在外做善事却不情愿回家,是避嫌。

可见,家乡未必可以成为"家园"。

回乡,在本质上其实不同于"还乡"。

27. 两个姑娘

到迪拜时是当地时间晚上七点四十四分,有十个小时候机时间。

走出机舱门,热浪扑面,差一点晕倒。室外气温四十二摄氏度,顿时打消了外出的愿望,只想赶快找个有冷气的地方藏起来。

迪拜机场候机室里像一个植物园,到处是绿色:巴西木、长青藤和许许多多说不出名字的花草,铺天盖地,与外面茫茫沙漠形成鲜明反差。机场建筑是典型的阿拉伯风格,内部设备却是西式的,与欧美国家没有差别。

机场管一顿饭,咖喱鸡和米饭,难以下咽。饭后我躺在二楼的长椅上美美睡了五个小时。室内人不多,安静,舒适,只有椅子的帆布套上留下了渍迹斑斑,可以想见它所承受过的一切不堪。

进了阿拉伯世界。

这里信奉伊斯兰教,机场大楼里设有礼拜间,总有人不断进进出出,把鞋子脱在外面。妇女身穿民族服装,更传统一些的穿黑色长袍,戴面罩,只露出两只眼睛。我留意到当地男人恰恰对这种女人格外注意,这些女人的眼神也因此显出无限神秘的魅力。

有两个姑娘引起了我的注意。

一位是白人姑娘,长得很美,但衣着不整,T恤衫和牛仔裤都显得破旧肮脏。她倚着墙,面对着一只废物箱抽烟。从抽烟的动作、愤怒的眼神和落拓不羁的体态中,可以感到她内心深处强烈的痛苦和仇恨。她注意到我在关注她,不时向我投来挑战的目光——姑娘,这个世界哪里对不起你?我很想问,却不忍打扰她。不知道她要到哪里去,也不知那里是否会给她安慰。默默走开了,希望留给她的是安静。

另一位是黑人姑娘,也很美,是那种娴静忧伤的美丽。候机室一个长椅上,她原来躺在那里,看见我们过来便坐起来,投来热切而友善的目光——可我完全忽略了,那眼睛里其实含着寻求帮助的热望。

凌晨两点半,一个男人轻轻操着生硬的英语吵醒了我。像是一位阿拉伯商人,右胳膊受了伤,用绷带吊着,他问那姑娘:"你需要钱吗?"

我在极度的瞌睡中半睁一只眼,以为那姑娘是卖淫的如今找到了雇主。那男人从口袋里掏出一些钱给她,她没有动。男人把钱放在沙发上让她去吃饭,劝她:"先去吃饭,回来我们再讨论把你怎么办。你怎么能两天不吃饭呢!你没去找移民局吗?"

我惊醒过来,意识到眼前发生的事可能隐含着许多辛酸。

那姑娘不说话,一个劲儿抹泪,默默地流着泪。即使在这样的处境中,她仍然是那样美,毫不失态。她穿一条黑裙子,绛紫色的上衣,头上包着一块很大很大的紫底黄格大披巾。在她穿鞋时我注意到,她是棕色皮肤(我原以为她穿着棕色袜子)。男人劝她吃饭,她不说话,也不走;直到他问她:"你是要我和你一起去吃饭吗?"她点点头。

胳膊受伤的男人很快站起身来。她停了几秒钟,站起来,用乞求谅解的目光看了我一眼,默默地跟他走了,再没有回来。

她走了,留下心痛和自责:我是把自己的中国人身份看得太重了。倒是在这时刻才意识到我的民族性实在狭隘。说的是"姐妹互助",可面对一个需要帮助的姑娘,我却只把她看作外国人,一点没有想到她同样是姐妹。

28. 山里"书妹子"

清晨五点出山庄,在村口小河边遇到桂莲母女。

多日来不见那女儿,因为她每早四点起床,四点半骑车去学校,五点同学和老师基本都到校了。今天周日,休息。

桂莲让女儿陪我四处走走。

我们一边走一边聊天。

林琳今年十一岁,瘦瘦的,很伶俐,六年级,即将考初中,这些日子复习功课很紧张,她说是在"冲刺"。

说起自己的家,她很自豪。四代同堂,太爷爷曾是村长,如今伺候家中所有大小家禽家畜;爷爷曾是民办教师,如今侍奉满山果树和庄稼;爸爸和妈妈原来进城打工,是奶奶照料一家日常生活。如今父母回来在自家办了"农家院",招来远近客人吃农家饭,一大家人热热闹闹。她喜欢这快乐融洽的幸福日子,一边跟我说着,一边乐着。全家人都疼她,她是独生女。桂莲说过,她手里攥着再生指标却不愿多生——我问林琳的感受,她为此很得意:

——爸妈说了,除了我,他们不要更多的孩子。

——我学习这么好,谁能不喜欢我?

——再说,就是不想要女孩,他们也没办法,就我一个啊!

早听桂莲说女儿的作文很好,爱读书,每天坚持写日记。果然,林琳告诉我,她养了许多小动物,天天观察各种动物习性,都写在日记里。每次进城,父母把她放在书店里,自己放心去逛街。过年给她买新衣,不要,把买衣服的钱用于买书……没想到这瘦小的女孩真是爱读书,不过山里小学生,却已经读完了中国四大古典名著。贸然问到外国文学,她居然一口气说出《简·爱》、《钢铁是怎样炼成的》、《复活》、《安徒生童话》……让我很是吃惊,没有想到,一个深山里的农家女孩,竟能如此好学好书。

一年过去,林琳已经读初中了,仍然是早出晚归,仍然是挑灯读书,仍然和她的小动物做伴——如今她有八条小狗!

山里书妹子

中秋假,她在家,主动找来,和我聊未来。

这孩子热爱自己的家和家乡,眼见着年轻人都离乡远行,她说她一点也不想走,最爱这山上的树和自己的家,问我怎样才好。

我想告诉她,走遍世界,感觉这里最好,这里的人也好——但我可以这样说吗?我有什么资格劝说她留在山里?我很想给她一个具体的建议:练习写作,将来成为一个真正的农民作家,那就可以呆在自己家里,接父母的班,把这农家院办成一个"文化农家"——但是,不走出去,她究竟能在这条路上走多远?这山这家,会不会成为囚禁精神的一个牢狱?

正犹豫不知该如何开口,孩子先谈了自己的想法。

关于上大学,她有疑虑,说:"这些天我一直想,我们一个年级两百多名学生,只有一百多名能考上高中,这个学上着有什么意思?"

我告诉她,受教育的目的不只为了考学,过好日子也需要有知识。

她反驳我:"可是家长并不是这样想的。"

以下的话,字字箴言,出自这个山里"书妹子"的深思熟虑,让家长、让教师、让城里人、让所有成年人汗颜:

> 现在的家长,孩子一生出来就认定他们是读北大、清华的料,这个期待值实在是太高了,对孩子太不公平了。还有,城市人用城市眼光看农村,太没意思了。就像我们人类,我们说树叶不好吃,可虫子爱吃啊!他们看我爷爷在山上果园辛苦,可他自己一进果

园就高兴啊!

她因此信誓旦旦:"以后我要写作,当作家,为农村人说话。"

还需要我说什么吗?

我期待着——在这个久已失去了"期待"的时代。

29. 信仰的力量

戈雷岛以"奴隶岛"闻名于世。它位于非洲最西端,因其独特的地理位置和良好的避风海湾成为早期欧洲殖民者登上非洲的落脚点。18世纪贩奴高潮中,有两千多万非洲黑人被贩为奴,其中许多就是从这里起程的。

这个美丽的小岛,越驶近它,越使我想到另一个岛——美国的自由女神岛。那岛上有一座移民博物馆,记录下移民们的艰辛之路——那是一条奴隶挣脱奴役通向自由的路。这戈雷岛上也有一座博物馆,是原来关押奴隶的监狱。奴隶小屋背后唯一的通道是死亡:有病的奴隶直接被丢进大海,永无生还的可能。

岛上有自己的街巷、教堂和修道院。教堂精美、静谧,当年是为关押奴隶的法国军人设置的——想不通,它竟能这样安然地耸立在奴隶岛上!

莫非上帝也是有肤色障碍的?

倘若天堂的门开启之时只朝向白人,它对天下人意味着什么?

走上主炮台观光,一位叫莫萨的青年男子迎上来,欢迎我们去参观他的画廊。小小画廊像一个小博物馆,在炮台底下,一条窄窄的通道,两边摆满了各种木雕和民间工艺品。莫萨说,这都是他从非洲各地征集来的,它们是非洲古老文化的见证。原来架炮的地方现在种上了一丛丛花草,正中间插着一根雪白的标杆,上面用英文、法文、日文写着"世界、人类、和平"的字样,是一位日本教授朋友和他一起制作的。

我对这青年顿生好感,告诉他,和平也是我的目标。

他立刻把我看作亲近的朋友,和我热情攀谈起来。

莫萨二十九岁了,没有结婚,白天在这里迎客,晚上到达喀尔那边和家人住在一起。他身穿全花衣裤,头上梳着许多辫子,是这里丐帮的典型打扮。这种人中有许多是自由自在的非洲本土艺术家,或者以吟唱舞蹈为生,或者像他一样搞民间工艺品收集和销售。他的英语说得很好,曾读过多年书,却没能完成大学学业。他一家人都是穆斯林,却属于不同教派。父母信穆罕默德的麦加,而他则把塞内加尔的图巴当作圣地。他说,塞内加尔是一个和平的地方,对人们有吸引力,有越来越多的穆斯林到这里来朝圣。我问他,是否人们不再去麦加?他说,一个圣地的迁移并不一定要宣布什么,或者把什么东西搬过来,而是人心的选择。如果越来越多的人到图巴来,图巴自然就是圣地了。

聊得开心,谈得也坦率,我问:"为什么穆斯林之间有那么多战争?"

在戈雷岛谈信仰

他并不回避这个犯忌的话题,耐心给我解释伊斯兰的教义,他说:"穆罕默德其实是要人们和平相处的。什么地方不太平,人们就会离开那里。而这里,塞内加尔的图巴,是真正教义的所在地,因为这儿是和平的。"

"那么多奴隶曾经在这里受辱,怎么会有和平?"

怪的是,他没有表现出愤怒,只是显得有些激动。他告诉我,法国是有力量的,他们的力量来自武器,但这不是真正的力量,真正的力量是从神那儿来的,神的力量将征服全世界,因为它能征服人心,他说:"这力量就是和平!"他的手握成拳头,轻轻地,却是有力地举向蓝天,眼睛也望着天空。

"你们恨法国人吗?"

他说,法国人中的侵略者只是一部分,他们也只能征服一部分人,而且不可能长久。但是上天的力量,和平的力量,将征服全世界,是不可战胜的。他对此深信不疑,一次又一次握紧拳头告诉我:"和平是更有力量的,是来自心灵的,是真正的力量。"

那一刻,站在高高的炮台上,面对大海和蓝天,他显得自信而高大。

不是亲历,很难想象在这奴隶岛上会有这样健康、自信、努力的黑人后代,经受了那么多苦难,却能如此宽容地看待世界。生在贫困中,几乎一无所有,却俨然拥有整个世界——从那一刻起,我心中生出一种难言的崇敬之情,陡然对这黑皮肤黑非洲产生了一种深切的爱戴。

他们心中有自己的信仰因此有力量。

信仰,并不完全等同于任何宗教或教派,它是一种超然、纯真、恒久的精神力量,载满了人的尊严感,朝往"善"的方向。

30. 我们有座妇女博物馆

欣然应诺去康可迪亚大学讲学,是因为它有西蒙娜·德·波伏瓦学院。

早就读过波伏瓦的书,翻译过《第二性》中一些篇章,我对波伏瓦一直心怀敬意。原以为这个学院是在法国,没想到是在加拿大的蒙特利尔。

爽快地来了,还因为演讲的题目:她们要我介绍我们的妇女博物馆。

在美国讲学,给我的题目几乎都与改革中的妇女问题有关。听说我正在筹建妇女博物馆,有些人很吃惊也很好奇,总问:"为什么要筹建妇女的博物馆?"这个问题背后的潜台词是:中国是一个贫穷的国家,改革中出现了那么多妇女问题,建博物馆需要很多钱,你为什么不把有限的精力和财力用去帮助困难中的妇女?因此,在这次演讲中,我感谢邀请人给我这个题目,让我有机会在"政治"之外谈一点"文化"。

和妇女博物馆学生自愿者合影

先把美国的问题抛在台面上,是希望在座谈时能杜绝这一类提问——不遂人意,同样的问题如影相随,追着行踪不期而至。演讲刚结束,听众的第一个问题就是:你为什么要在中国筹建妇女博物馆?

索性就在这里说个透彻吧!

建妇女博物馆的宗旨就是要从女人的立场出发,为女人树碑立传。

过去的历史(history)讲的是男人的故事,女人未载史册。今天不同了,如毛泽东主席所宣示的,"时代不同了,男女都一样"。对出生在新中国的大多数女人来说,女人屈辱的历史似乎完全消失,和今天的生活没有关系——我不这样看。我看这种状况是一种精神上的危机。历史是我们的根,了解历史才可能清醒地认识我们自己。无论社会发展到什么程度,人类走到哪里,断根就意味着断绝了后路,精神上的飘泊可以将所有的"在"化为"虚无",这是我们一代女人在"解放"之后亲历所得。因此,我认为,如果不及时清理我们的历史文化,从我们这一代开始,我们的孩子就永远不会知道女人过去的生活……我说:改革中的妇女问题固然很多,但我认为,抢救文化是一件更重要的事。目前中国变化很快,一年一个样儿,如果我们不赶紧抢救妇女的文化遗产,很快就找不回来了。比如过去妇女都用手工织布,现在几乎人人买衣服穿。女人的生活涉及到衣食住行、习俗文化,我想,得在还没有被"改"掉的时候看到它们些许真面目。要赶紧,要和改革赛跑,把这些东西抢救回来。一些懂得妇女文化或者参加过战争的人,年纪都很大了,一旦她们过世,那些属于我们女人的宝贵遗产就永远失落了。我们试图通过筹建妇女博物馆在全国范围做一个文化人类学调查,从妇女入手,可以更深入地了解中国社会,了解中国人原来的生活是什么样子。现在世界上已经有了几所小小的妇女博物馆,我们有共同的目的,就是把女人的文化和历史保存下来,同时给女艺术家和广大普通妇女提供一个展示自我的活动场所。

有人插话:"你办这个女人的博物馆,男人们会说什么呢?"

听众大笑。

请别笑,我说,最早提这个问题的就是一位你们加拿大男人。上个月我去渥太华访问加拿大国家文明博物馆时,接待我的东方研究部主任是一位先生。听说我要建妇女博物馆,他一开始就是一连串的质疑,毫不客气地教训我,说:"我们这座博物馆本来的名字是 Man's Civilization

Museum（人类文明博物馆），因为遭到女权主义者的抗议，只好把 Man 改成 Human 了。可你倒好，现在还要专门建一个妇女的博物馆，这不是跟自己过不去吗？你们国家的男人是怎么说的？他们会支持你吗？"他的质疑如连发炮弹，还有最伤人、最让人泄气的："办博物馆？就你一人就想办个博物馆？简直是开玩笑！一个博物馆就那么好办？需要很多专家，你知道吗？"他说，加拿大这个博物馆已有一百多年历史，迁入新馆才不过两年，筹建这座新大楼却用了十几年，换了五位主任，其中一些人因贪污坐牢。新馆是建起来了，共花费一亿八千万加元，现有工作人员四百多人，经费全由国家资助。

感谢他给了我这么多重要的信息，也感谢他的提醒。送我离开时，他还顺便送了我两句话。第一句是"希望你能成功"，第二句是"但愿你不要坐牢"。我对他说："你放心，我不会因为博物馆坐牢，因为我们其实一分钱也没有，除非我去抢劫。"

又是满堂笑声。

公开场合讲这些事，举重若轻，为的是吸引更多的支持和关注。但实际走在这条路上，多的却是艰辛和汗水，甚至有泪——泪是无声的，可以化作坚韧的努力，默默撑过许多艰苦的岁月。

如今，想笑的是我。

我想告晓天下：从无到有，不过十年，我们真的建起了一座中华妇女文化博物馆。它现在西安，设立在陕西师范大学新区校园内。现任馆长屈雅君教授像侍奉自己的孩子一样精心照料着，让它成为中国女人自我观照的一面镜子，对外展示的一道风景。年轻的女学生从这里了解历史,外国朋友从这里认识中国妇女……从这里反观曾经的脚印,凝聚着无数女人的心血,承载着我们共同的记忆,无言地申诉着召唤着,期盼更多的女性朋友自觉参与:

如果你去西安古城旅游,不妨去看看这座妇女博物馆。

如果你无暇亲临现场,可以上网查询浏览(http://www.snuwcm.com)。

如果你有珍贵的收藏线索或有慷慨的捐赠,请与屈教授直接联系……为了我们共同的纪念碑,请大家一起为它添砖加瓦!

31. 安耐特·鲁宾斯坦

住在深山里,听小丹①的电话,从纽约打来,声音清晰,如同身处一室。

小丹告知:九十七岁的安耐特(Annette Rubinstein)②今早去世了,三周前她还外出讲课呢！1991年我去美国在她家作客,得到她一本打印的自传,至今没来得及看,恨它不在手边不能即刻去翻阅——人呐,莫非总在失去的时候才知道那缘分的珍贵、渴望在温存的记忆中"追寻"生命的意味？好在日记中有当年的实地考察笔记,逐字读过去,把我带回她身边……

那是一个秋夜,穿过热热闹闹的百老汇大街,小丹带我

---

① 张晓丹:女,美国哥伦比亚大学社会学博士,现为纽约大学终身教授。

② Annette Rubinstein(1910—2007),女,纽约大学英语文学系终身教授,坚定的老左派,曾为美国共产党中央委员,后退党。1980年曾在北京外国语大学任教,著有《英国文学的伟大传统》

去安耐特·鲁宾斯坦家。

老太太已经八十二岁,思想仍然清晰敏捷。她终生未婚,生活充实,自立自理,那种恰到好处的自我协调能力和内在的精神力量具有强大的感染力。她曾经是坚定的共产主义者和马克思主义者,美国共产党早期党员,却在1952年退党。关于东西方、关于苏联和中国、关于美国的前途……她有一整套自己的看法。几乎一晚上都是她在答问,对我马不停蹄的追问,她一无遗漏认真回答。

安耐特在纽约家中

李:你为什么会信仰共产主义?

安:上高中时我读过很多书,当然,我们受的不是共产主义教育,而是资本主义的教育。我不赞成资本主义,因为我看到我们这个国家正在变得越来越糟,穷人更穷了,富人更富了。穷人睡到了大街上。教育制度几乎被毁掉了,有一半以上的黑人和波多黎各人的孩子甚至没上完初中就辍学了。我看不出资本主义有什么办法解决这些问题,它只会让社会变得越来越不公平。大学毕业时正赶上大萧条开始,美国有四分之一的工人失业,家庭解体了……我开始读书,寻求解决的办法。这时我接触到了马克思主义学说,它的剩余价值论述使我明白了资本主义的本质。我的父母亲来美国时很穷,父亲是十二岁时从苏联来的,母亲三岁从罗马尼亚来。苏联革命后,他们都支持。他们是老师,属于中产阶级。我的父亲是校长,他相信社会主义可以从根本上解决问题。

李:那你为什么要退党?

安:我一直是共产主义者,很长时间是美国共产党党员,从1932年入党到1952年退党,整整20年时间。我信奉共产主义,但与共产党组织意见相左。当时,党组织不允许对苏联提出批评。但我觉得苏联内部有许多不好的现象,比如民主不够,反犹太情绪严重等,我本人是犹太人,对这些问题当然很关心。

李:你也经历过贫困吗?

安:是的,但不是现在。1929年大萧条时,父母的积蓄全部失去了,失业。战后经济恢复后,生活才好起来。1930年代时很困难。我是1929年毕业的,几乎就是在那时候信仰了马克思主义,政治上很积极。

李:你对今后的世界局势有什么看法?

安:东欧在今后很长一段时间内情况不佳。将来某一天,我是看不到了,你们可能会看到,在那里将发生一场革命,将产生真正的社会主义。

李:美国有可能走上社会主义道路吗?

安:我想那要等世界上其他国家都成为社会主义国家之后吧!(大笑)美国现在的不平等现象越来越严重,许多人生活很困难,如此这样下去,总有一天会爆发革命,走社会主义道路。

李：既然这个国家的人已经觉得在这里生活困难，为什么世界各国的人还要往这里跑，而从这里跑出去的人并不多呢？

安：因为在今天这个世界上，美国是个富裕国家，这里贫穷的生活对许多人来说也比他们原来的生活要好一些。美国人口只占世界人口的4％，消耗的能源却占世界的70％以上，它靠剥夺全世界的资源来维持自己的富裕生活，这种情况是不会永远持续下去的。

……谈了两个多小时，她精力充沛，毫无倦意。

这样的时刻让我陶醉，她睿智而坦诚的回答给我很多启发。毕竟，一个世纪的风雨变迁，她总站在前沿，用整个生命认真思考这个世界。

坐在那只红色高背沙发上，她显得慈祥、高贵、神采飞扬，全身像罩着一层光环。从她这儿可以感觉到一种信念或说信仰的力量，如山一般坚定。

她的生存状态本身就是一种信念，支撑着她漫长的生命旅程，像一首绝妙的诗，耐读……深山里，重读有关她的这些文字，想念她。

32. 拜谒爱因斯坦

秋假里,师妹建议开车去普林斯顿大学,一路可以看红叶和美丽的田野,还可以去看看爱因斯坦的故居,我立刻响应。

绕了一些弯路,却饱览了纽约四周风光。

北美洲的秋色像火一样燃烧,充满热情和生机,洋溢着阳刚之美。不是身临其境,很难想象秋色能如此壮观和璀璨,令人心醉,如浓烈的鸡尾酒:金黄的、火红的、浓绿的……色彩斑斓,在阳光下闪闪发光,舞女般地撩动人心;同时又那么静谧而安宁,如同置身在天上花园。这与中国那种秋雨绵绵的秋趣截然不同——莫非季节的色彩也在默默地陶冶着一个民族的性格?

这里秋季干燥而漫长,硬是把树叶"烘"熟了,"烘"红了。偶尔看到两棵垂柳。这里极少见到柳树,大多是枫树和松树,垂柳飘逸其间,与那火红形成了鲜明对比,无端勾出几缕乡思。

普林斯顿原来只是个不起眼的小镇,有一所贵族式的私立大学,因为爱因斯坦来这里工作才引起世界关注。小镇成为大学城,只有一条稍见繁华的商业街道,跟哈佛的风格不同,整个学校像是一座欧洲式的贵族庄园。

爱因斯坦故居前

我们驱车直接去爱因斯坦工作过的地方,恰逢周日,很少行人,连问路的人也找不到。遇到一位警卫,居然会说几句中国话。他热心指给我们看,哪里是爱因斯坦工作过的房间,哪里是他居住的小屋……师妹好奇:爱因斯坦怎么会到这么个偏僻的地方来?警卫耐心解释:他是犹太人,在二战期间希特勒开始虐待犹太人时离开德国到这里工作。在最困难的时候,这里给他的研究提供了必要的条件……我熟悉这些生平故事因此走神了,在想其间差别:对一个科学家来说,哪里能工作哪里就是他的祖国;对一个从事人文社会科学的人来说,哪里有自由思考的空间,哪里才是适合他生活的地方;政治家当然不同,哪里的人民需要他,哪里就是他的世界。

在爱因斯坦曾经工作过的研究所小楼对面是一片很开阔的绿地,当年他在这里散步和思考——他唯一的锻炼便是散步,在散步的时候仍然继续他的思考。

独自走开去,久久面对那片绿地,希望能听到我渴望中的声音……在茫茫宇宙间,在芸芸众生中,寻找一个能够对话的灵魂多么困难。铁鞋踏破,来到这里,只是为寻一个相近的灵魂。

静谧中,我听到了他的声音……它漫过苍茫宇宙,跨过无情的岁月,超越生死界河,贴近我的耳边,诉说着:为人类的幸福工作,孜孜不倦。因了这种召唤,心灵会走向成熟,就像这片火烧红叶的秋色,给你更加丰厚、更加坚强、更加恢弘、更加开阔的胸怀。

走出中国,面对世界,我知道,我也该跨越过去的自己,跳出那个长久纠缠在心的民族情结,为世界和平和人类幸福鞠躬尽瘁,死而后已——只在这一刻,突然意识到,寻访爱因斯坦对我意味着什么:不是朝圣,而是超越:坦诚面对一个伟大的灵魂,是反省也是激励,向往高尚,让平凡人生从贫乏走向丰富。

寻到他曾经住过的房子,很不起眼的一幢白色两层小楼,112号,早已住了其他人家。楼前一片不大的绿草坪,也是他天天散步的地方。他对这个世界需求不多,是因为他在自己心灵中找到那个比世界更加广阔的宇宙。

企图寻他的墓地,失望了。爱因斯坦早有遗嘱:不立碑,不要墓地。他的骨灰就洒在这片灿烂的土地上。

肉身不会恒久,灵魂却可以永生。

难怪面对这片土地便能生出超越自己的欲望,凭空多出了辽阔的感觉,是因为爱因斯坦的灵魂仍然游走在这片灿烂的大地上。

33. 挚友

在精神上我有两个永恒的朋友：爱因斯坦和罗曼·罗兰——都是西方人，都是男人。从开始认真读书的日子他们就陪伴着我，几十年过去，没有人能取代他们在我心中的位置。

在探索未知的道路上，爱因斯坦是我终生的挚友。我愿走进他的精神世界，和他一起分享面对宇宙的宁静和坦然。在现实的人生道路上，罗曼·罗兰是我心灵的伴侣。他的爱山正像我的爱山，我们常常跨越世纪的山岳对话，共同探寻生之和谐的境界——因了他们，在坚守本土走向女人的岁月里，我一直本能地与坚硬的民族主义和不易通融的女性主义保持距离，做中国人为中国做事，脑海里却总有"外人"的一席之地；做女人并为女人做事，却也怀揣着和他们一样的心思和抱负：为人类的幸福工作，为前进中的人们写作。

岁月伴侣

与罗曼·罗兰的认同是在阅读中逐渐实现的,从晚年约翰·克里斯朵夫的"和解"到安耐特·李维尔终生不放弃的"欣悦",通过作品走进作者的心灵,我发现,在日常生活和个人秉性方面,我和罗兰有许多共同的志趣和习惯,并不是他影响了我,而是不期而遇。罗兰坦言他在生活中有两个无尽的源泉:大自然和音乐:"首先是大自然!对我来说,大自然一直是万书之本——知识的源泉……在那些为生活而挣扎的年轻的岁月中,大自然——尤其是山——一直对我满怀深情……是我活着的上帝。"我是从对山的迷恋这里开始了与罗兰的神交。

真正爱山的人并不是登山的人,他没有征服的欲望,只是走进或住进山里,听寂静中的天籁之声,看笃定中的万千气象。林语堂在他的《八十自叙》中有很多关于青山的高论,相信山地会影响一个人的人生观和价值观、左右人的胸怀和视野、决定一个人的志趣和生活走向……所有这些，与我对山的感受不谋而合。

我生在庐山脚下。

我看生地是一种宿命，先验地决定了我的人生道路：出山，向平川和大海，奔流不停；决定了我的性格和生活情趣，无论走出多远，总在恋山，像永远长不大的孩子眷恋母亲的胸怀。它也决定了我的思维方式：宏观的理论把握以及"走山脊"的研究方法，有形无形间，全都源自青山。还有人生，如山林树海中一片草叶上的一颗晨露，于万千色彩和无数声响中沉淀出一片宁静。

我相信，曾经攀援凌绝，才能生长出山的视野；只有曾经出山，才可能真正拥有山的胸怀，兼容万物而笃定。只有攀登过，经历过，才可能领略到爱因斯坦非常享受的那种"壮丽的感觉"[①]。

我的童年是在大学校园里度过的，还是年少无知的时候，在大学教室的标语中认识了爱因斯坦。教室里挂着许多伟人照片，我记住了他是因为照片下那一句话："一个人活着就应该扪心自问，我到底应该怎样度过一生？"

一句话像重锤一样敲开了心扉，从此结束了我的童年。

从那时起，"扪心自问"成为人生的纪律，每日三省，慎独自律，不曾须臾懈怠。成年以后，在日益开阔的视野和做

---

① 爱因斯坦在给格罗斯曼的信（1901年4月14日）中写到："从那些看来同直接可见的真理十分不同的各种复杂的现象中认识到它们的统一性，那是一种壮丽的感觉。"（《爱因斯坦文集》第三卷，许良英等编译，商务印书馆1979年，第378页。）

事的过程中,我也常常体味到爱因斯坦感怀的壮丽,像他那样,力图"从那些看来同直接可见的真理十分不同的各种复杂现象中认识到它们的统一性",尽力在一致的表象中认识"多样",在万般"差异"中寻找和谐。

活在今天这个世道,"和谐"是难的。

人心浮躁,腐败盛行,连学界这最后一块净土也丧失了。

怎么办?

是同流合污,还是激流勇退?

爱因斯坦也曾有过这样的困境,他的选择是退出:"如果世道正是如此,我宁愿呆在自己的书房里,不愿为外界人们的行为而心烦。"

我乐得做出和爱因斯坦当年同样的选择,静守一隅,在自己的精神园地里为自由和独立看守家园——当我做出了同样的选择,无意中发现,罗曼·罗兰也曾有过相似的困境,他也曾有过同我们一样的选择:

"宁愿放弃现实的利益而求得自尊。"

比较他们,我更幸运。

独行独处的日子里,因为有他们,我从未感到寂寞。在孤独的修炼中走近他们,和他们成为困境中的难友。

代跋:救赎与启蒙

2008年两会期间,有女代表一如既往就男女平等退休年龄问题提案。继而,全国妇联主席陈至立呼吁北京率先实行女干部、女知识分子与男性同龄退休,引发社会热议。凤凰卫视(2009年4月18日《一虎一席谈》)为此发起PK论坛,将"男女该不该同龄退休"议题公开化、国际化……正喧嚣中,我却悄然递交了退休报告,决定提前告别职业生涯从此安身于案头。此前,我已终结了所有合作项目,也谢绝了为共和国甲子庆典作文的邀请,在各类热情言辞的追逼乃至登门造访的胁迫下,不得不发出近乎绝情的祈求:"请放过我!"——这种不近人情的举措不仅出于"拒绝合唱"(李锐语)的惯性,也出自冥冥中对岁月紧迫而日益强烈的内在焦灼。

借着校领导交接换班之际,我将手续迅速办妥了,在收拾家当准备回京之前,和助手齐齐教授一起看望同事ZH。ZH去年做了乳腺癌手术,我们看她,她的话题离不开病和病友：吃什么、做什么……互相鼓励，分享治疗经验，俨然一个全新世界，让一向远离身体的"自我"意识感觉陌生，仿佛启蒙。就在那天晚上，我在自己胸部摸到肿块，翻身坐起查看网上信息，预感不祥……接下来的事很自然地依次发生了：周二去大学附属医院看病，周三住院，周五手术。手术台上我被告知：不好——这一告示非常残酷，要你在那一时刻做出生死抉择：不挨刀，等死；或者活着，永远放弃那只曾经美丽的乳房——没有犹豫，我放弃了。其实，逼你决然放弃的不只是身体的完整，还有生命本身。入院手术前夜，难眠，凌晨起来写下几行字，想给亲友们一个交代，算作"道别"：

> 我一点不热爱今天这个世界，
> 因此，对生
> 没有眷恋。
>
> 太阳照样升起
> ——却，多了热度。
> 冬夜依旧降临
> ——却，多了长度。

"热"说的是环境，地球变暖，资源危机，日见恶劣而毫无转机。"长"则影射我身处的这个时代，如冬夜漫长，从物质贫乏到精神贫困，饱满的阅历并不意味着思的丰收。阴翳深重，长久不能穿透——对此境地，我早已不存幻想：

我不愿见证这代人无奈谢幕的佝偻背影，
因此，对长寿
没有期待。

我不想倾听衰老日渐逼近的蹒跚脚步声，
因此，对死亡
并不畏惧。

一个人倘若不再贪生，
这世上还有什么值得贪恋？

写到这里，心里坦然，平静入睡，暗自几分幸灾乐祸：假如明天就这样走了，应该庆幸没有留下一幅太多皱纹的照片，没有领取太多的退休津贴，没有消耗太多的地球资源，没有给孩子太多的养老负担……但，如果上天放我生还——会生还吗？不去想，好好睡一觉，这一生最欠的就是睡眠；如果手术之后还有口气，该会有足够的时间去打理那些"如果"吧？

平安地被推出了手术室，那一夜最难过，腰背疼痛难耐。儿子从北京赶来，守夜，帮我轻揉腰背，身心之快慰够我三生受用——不禁想我自己，父母去世时我都不在跟前，他们生前有病我也从未守夜……那些日子我在哪里？忙什么去了？有什么重要的事比父母更重要？如果不是躺在这里半死不活，我怎么从来就没有意识到这重大过失、从未有过如此痛心的自责？悔恨化作不尽的泪，浸透漫漫长夜……想：我的生活中，为什么如此浅显的道理却完全不懂？常人的常识总要付出惨痛的代价才得以认知,就像这次,鬼使神差,死神背负着上天的旨意,总在生死关头敲我猛醒,启蒙于我因此像是一门永远不能完成的功课。

入院前刚刚看过王安忆的《启蒙时代》①。病床上的日子里,接着看她与张旭东关于启蒙的对话②:说的是"文革"岁月,讲的是"红二代"(张旭东称之"红色贵族子弟"),都是我感兴趣的话题。我相信,安忆写南昌(《启蒙时代》男主人公)一定有她自己生活的影子,就像张旭东说南昌:"这样的男孩子生活在一个理想的、纯粹的,实际上是一个不通人情的、教条的、空洞的世界里。这是红色贵族日常生活的空洞性,但这反过来给了他寻找生活真理的愿望和动力。"只是我不明白,他们为什么用"无聊"去概括南昌(们)当时的精神状态？对号入座,检讨自己,我有和"南昌"同样的问题;很巧,他这个名字与我的出生地九江也有相邻意味。不同的是"老三届"这一经历,让及时被下放了的我们(无论红色还是黑色出身)还没来得及"无聊"就被抛掷在更"理想"(接受再教育)、更"纯粹"(农村)却是更实在的现实生活中。安忆说得对:"启蒙对每个人物都是具体的。"因此我看他们的对话,一边是对照,一边是对比:不过几岁年龄上的差距,在试图挽救记忆的时候看看各自都记住了什么东西;面对那个"启蒙时代"以及之前之后,我们曾经开启或被开启了怎样的蒙昧？

医院里,许多事不能做,读书却是允许的。最难得的是

---

① 王安忆:《启蒙时代》,人民文学出版社2007年。
② 张旭东、王安忆:《对话启蒙时代》,三联书店2008年。

时间,躺在床上,如今有大把时间让你浮想联翩。

这是一所日本殖民时期建的医院,旧时砖石建筑,绿树花榭,疗养院一般,不时有制片人选择这里拍电影。病房里很安静,没有任何标语广告(只有一只液晶表),远离喧嚣(只有蝉鸣),奇怪,倒是进来这里,仿佛重生,看人看物都很新鲜。原来想,一旦查出是恶性的,立刻回北京治疗;不期在曹大夫摸诊的那一刹那,我决定留下来请他主刀。女人的身体是私密中的私密,在这里却总是敞开的。几经人手,只在他这里,感觉那手指像长着眼睛,不是在摸而是在看,想看穿便能看穿内里,也让你看到人心。瞬间,信任成为一剂良药,让我毫无反悔地选择了他。还记得,手术室里,整个一娘子军班,娘子们跟他开玩笑,让肃杀气氛轻快许多。手术台上,不期他主动聊天,问我从哪里来、教什么课,还说自己是黑龙江人,1950年代父亲南下来了大连……放松的聊天中你被麻翻,浑然不觉便完成了挨刀的全过程。事后才知道,曹大夫号称"曹一刀",是治疗乳腺的专家。他高高个子,儒雅文静,头上已有缕缕白发,感觉亲切而威严。所谓以人为本,在他这里是病人至上;他眼里看到的是"病"而不尽是"人",无论什么人来,从不寒暄客套,一视同仁——这原本是医生分内的事,于我却是惊喜:没想到如今世上还残存有这种人,更没想到他就在身边,在你最需要的时候救你性命。昨天还对这世界了无念想,不期这医生这病房竟让我生出几分留恋。病友们对他赞不绝口:送礼不收,给钱不要,有人说他:"如今世道哪有这种人?要不是他那一把刀,早被人整下去了。"可见他身处的环境就是我眼中厌倦的这个世界,好的口碑并不是天赐的而是长久慎独努力的结果。身在病房,悉心观察,这里护士也不同寻常,个个干练,不修饰,不聊天,随叫随到,岗位清晰,秩序井然……一个人的作风影响到整个团队,一个人的努力可以改变他身处的(小)世界。有护士抱怨:跟着他倒霉,累死了!转口却又夸他:"他是铁人呵,王进喜也不换他。除非他自己病了,天天都看病人。"听着看着,一半是庆幸,一半是悲哀。庆幸的是因祸得福:一个人的高贵竟能唤醒你对整个人类的希望,拯救生命的时候顺便也救了灵魂。悲的是自己,怎么总是在生命最不堪的时候才会"觉悟":觉悟到身体其实比一切事业和宏伟的目标都更重要——这也是"红二代"天生的缺陷吗?

显然,安忆他们在对话中是把这迟到的觉悟当缺陷看的,如张旭东说:这种缺陷源自对社会主义"先进性"和"理想性"先验的认同和同化,它不同于市民社会的无聊和布尔乔亚趣味,"最终它来自社会主义现代性经验内在的不充实,因为它太新了,太观念性了,太唯意志论了,缺少传统生活、礼仪和教养的厚积,也没有市民生活或资产阶级生活领域的物质上、文化上的优裕"。在他眼里:"这是社会主义现代性特有的一种现象……是在思想和启蒙的层面上谈社会主义经验的时候必须面对的东西。"他在物质匮乏所导致的"理论的空洞性"上定义这一缺陷,说的不尽是"红二代"与生俱来的毛病,而是社会主义意识形态和它在革命实践中内涵着的先天缺陷。如果接受这种说法,就该相信:"革命第二代所致力的'启蒙'不但是挣脱和打碎旧世界(包括父辈建立起来的国家、社会秩序和道德观念),而且还是自然意义上的寻觅和吸收一切为生存和成长所必需的养分。"因此,南昌身上体现的叛逆精神和他为改变现实处境而做的努力,是革命第二代"为克服贫乏而作的本能的斗争,这种贫乏既是政治父辈的哲学贫乏,也是历史母体的文化贫乏,而在他们的成长过程中,这种贫乏首先是作为所谓'生活的贫乏'而被体验到的"。我注意到他这里使用的是"贫乏"而不是"贫穷"或"贫困"。一字讲究,道出了"乏"之意味:不是没有,而是不够——什么不够?话里说得明白,与"父/母"有血亲连带关系的哲学和文化有关,在"红二代"成长过程中首先是通过"生活"而被体验到的——身为二代中人,我能认同这种后经验式的判断吗?

涉及到代际关系和对前辈的评价,不敢草率。父母一代多已作古,永远丧失了自我言说的机会或自我辩护的能力,即使我认同了"红二代"身份,代言也是难为的。唯一能做的是现身说法,以亲历的经验作为陈述性经验的思维基础,看看我们"其实"到底贫乏在哪里以及"乏"到什么程度。

话语的排比和推演往往失之于滑口。如果当真回头追究,我们会发现,就革命(无论哪一代人或哪个时代)而言,哲学和文化其实从来就没有贫乏也没有贫困过,相反,它有自己的传统、丰富的资源和漫长的发展史,从柏拉图的《理想国》、孔子的"大同"世界以及各宗教的"圣经"开始,历代人们(无论民族或文化)前仆后继接续着乌托邦的革命实践,直到今天。"乏"和"困"是两个有力度和有精神内涵的字眼,倒是在"贫穷"这个字面上,给人一些不同遐想:"穷"是一个在比较中派生出来的概念,与物质财富的多少有密切关系。就它的物质性看,毫无疑问,但凡踏上了革命的路,没有人不穷。穷,因此被看作革命的一个起因,也成为革命者的符号——但其实,许多人走上革命道路并不一定起于贫穷,从理想出发追随革命的人多半家庭殷实,甚至出自贵族豪门。当年有人对俄国十二月党人百思不得其解:难道贵族们会因为靴子去造反吗?如果不是为了靴子,他们为什么革命?如今,我们对革命者的来历多半心中有数,安忆于此也很清楚,她说:"每一次革命都是由两种人闹起来的,一种是贵族,一种是奴隶;一种是物质不成问题,一种是一点物质也没有。"我相信,若干年后我们这里也会出现这样的问题:那些原本自己日子过得不错的富家子女为什么参加革命?他们当时的生活不就是今天人们拼命为之奋斗的"小康"吗?放在今天,没有人甘愿放弃小康日子自觉选择贫穷,更没有人傻到"为他人的幸福"自己甘愿流血牺牲。我们无意在这里追究当年他们参加革命的真正动机,有一点却是可以肯定的:革命的话语中并不缺乏物质性内涵,但富裕的物质生活绝不是他(她)们追求的主要目标。"贫乏"的问题或许并不在革命或革命者本身,而在革命第二代。从来的革命者很少过上正常的人间生活,而革命"胜利"的结果则很难落实到后代。但凡革命,不是终结于胜利就是被胜利所腐蚀,难得延续到第二代去奢谈"生活的贫乏"。张旭东敏感到这一问题,他看到了在"作为观念产物的革命'第二代'"那里,所谓启蒙,很大程度上意味着同现实发生关系。他"从抽象到具体"的意义上看南昌(们)的故事,确认《启蒙时代》是"一个积极的、正面的思想剧,讲的是内心世界(感情、思想、认识等等)如何着落的故事"。正是在正面的意义上,他把革命第二代即"社会主义新人"看作是"革命意识形态所包含的具体历史内容的试金石,当他们与具体社会生活碰撞、摩擦,中国革命的价值'含金量'和文化'含金量'将得到检验"。六十多年过去,第二代后面已经有了第三代甚至第四代,"检验"的结果是什么呢?即使在生活层面上,我们还能看到那个"乏"的标记吗?如果它已经富足,安忆为什么还要写这部关于"贫乏"的小说?在美国就这部小说演讲时她曾说:"我写的东西都是跟当下的东西对抗。"对抗什么?她的回答是:"我觉得当下的生活里面没有任何理想的东西。"

父母在南下途中(1949年)

这里有一个明显的悖论:有理想时,生活是贫乏的;日子富足了,理想却丢失了——不由人不发问:我们该怎样界定"理想"?追求理想的生活一定是窘困不堪的吗?或者反问:"生活"是什么?它一定是与理想相悖逆的吗?

生活不是概念,一总要落实在大地上。大地上有田野,有草原,有高山,有海洋……哪里有人哪里就有生活,不同的人会有不同的生活内容:中国人倾向把上帝拉入人间一起过彻底的世俗生活,犹太人却宁愿做上帝的选民而自觉圣化人间生活;为生存而活是生活,为理想而活也是生活……凡人都有衣食住行问题,都要面对柴米油盐,却因为不同理想可以将人分出高低贵贱。我从来不认为"平等"这个概念可以放之四海,用在法权上是恰当的,用在人品或人的精神世界中就毫无意义;罪错面前人人平等,善恶面前则天地有别。说到生活品质,我认同安忆的看法:"那个时代的人,有充分的内心生活,清谈是生自于内心生活,然后养育内心生活。"和她一样,我也觉得"今天的生活太物质化了",因此会去怀念"充满了激动的思想"的那个年代。我们父母那一辈人是那个时代的主人,他们似乎都有理想,无论经历多少坎坷,锲而不舍。不论什么职业什么工作,他们都很玩命,命中注定属于"透支一族"。讲究生活品位的蔡澜鼓吹在最好的年华里"如果能透支,那么赶快透支吧",但并不是所有的人都能享受到透支的绝顶欢乐,因为怕死;也并不是每个人都敢于透支,因为贪生。只有那些敢于并懂得拼命透支的人,才可能于人生的某个阶段有所收获并活得快乐,在任何时候辞世都不会遗憾,从而成为"值得"的活者。当然,是不是"值",不会有统一答案,但我确信,有理想的人活着(或牺牲)就是为了"值得"。一个多世纪的磨难结结实实落在他们身上,人人都有痛感,但我们很少听到他们喊痛诉苦。晚年辞世之前,他们几乎不约而同选择了"集体沉默"——为什么?当时费解,多有抱怨;今天多少明白了:不尽因为政治压力或一生的政治名节,更因为一份无言的

"集体承担";不是为了呵护执政者的尊严或某一个政权,而是出于自己那不改初衷的理想,唯恐亵渎神圣让个人苦难被"敌人"用作反攻倒算的子弹。这种忧虑绝非多虑。安忆写《启蒙时代》显然就与这种忧虑有关,她说:"'文革'这个时代,现在已经变得概念化了,尤其海外和西方,社会主义国家简直就是一个集中营,哪里是呀?还是有很生动的生活。生活是很强大的,尤其是物质生活。"所以,写作成为抗议的一种形式;或者,成为纠偏的一种方式。我相信,安忆要纠正的并不是对"文革"的认识,而是想用"生活"本身的力量展示有理想的生活和理想的历史缺失——正是在这个意义上我理解她的作为,并且喜欢这本稚气未褪的小书。对书中人物南昌,张旭东指出他有一个毛病,"就是没有痛感",这与他的父辈疼痛彻骨的人生感受完全不同,仿佛是两代人在精神世界中的分水岭。那痛感的多少很可能无关乎物质享受,而是来自一种内在的"贫乏"——是张旭东说的那种"生活的贫乏"吗?

靠在病床上,看窗外绿树蓝天,槐花开了,香气袭人,又是一年一度的槐花节。在这里,管它什么朝代时代,只是面对生命,眼净,心静,往事故人随来随去,与眼前的人事交织一起,在稠密的思绪里随意串场。

这病房女性居多,亲友探视,没有高谈阔论,也少听呻吟和喊叫,最少见人哭泣。各自隐忍着内心最痛,用眼神在病友中寻找理解和慰藉。同样的病,却听不到那个犯忌的字眼——就像当年我们说月经是"倒霉",这里人们用"好""坏"报喜或报忧。做完最后一次化疗出院,总有相识或不相识的人向你祝贺。几个月下来,无异于生死操练,挺过来的人都有理由宣称：化疗都不怕，还怕死吗？但凡走出这病房，没有当即毙命的，也没有从此宿命的，仿佛走过炼狱，无论什么出身、学历、职业……都会对生命本身做出新的安排。人还是一样的人，身心却完成了一次彻底的自我救赎，从此，向死而生——这原本是我一向的人生态度，所以心境变化不大。那些日子齐齐一直陪着我，她说我乐观，却不知道这乐观其实源自彻底的悲观：生死无界。倒是在另一个方向上，我也完成了自己的救赎：经由身体的痛楚看清了生命的"乏"之所在，在同病相怜的微笑里汲取到了求生的顽强力量。看周围病友日夜被家人精心照料，听他们不厌其烦嘘寒问暖，我眼里常常出泪，心里会有一阵阵莫名的痛：从离家远行那一刻，我身边少有亲人，也很少回家探亲；面对病痛中瘦弱的母亲，我很想抱她，用我的体温去温暖她，却最终伸不出手，因为我也陌生她的体温，印象中从未有过她的拥抱……站在父亲遗像前，很想跪下去求他原谅我的怠慢，却怎么也跪不下去，因为父亲从没教我下跪……我的"被启蒙"总是这样，在痛感中发生，面对着生命和身体展开：是月经、怀孕和生育唤醒了我的女性意识，让我开始自觉地"走向女人"；是养育孩子的冷暖日子，让我懂得了柴米之贵贱，由衣食住行召唤出脚踏实地的现实精神……还有这里，困顿在病床上，和病友们面对一个共同问题：为什么得这病？四十岁的 G 女士一脸哭相，祥林嫂般喋喋抱怨"这不公平！"主治大夫笑她："怎么，我得就公平？"笑声中也有泪，让我反省自己的生活：想来，于我，罪有应得，至少有几个原因：其一，不健康的生活方式，长久沉迷于案头，不运动，甚至多日不出家门；其二，蜂王浆吃了十多年,只想补脑,不期它会成为乳腺肿瘤的头号推手;其三,就像《启蒙时代》中那个奔跑的姑娘舒拉,总在赶活,很少睡眠;其四,长期用微波炉热食了太多剩饭菜,成为"打包大王",很环保,却让自己的身体做了垃圾填埋场……如此反省,我不得病谁得?还有一个原因,我看最重要:几次流产,曾经很自在很自由,像男人一样无须过多介意性的后果——这原因倒是大老爷们看得更清楚,总听陪护的丈夫们说:"女人得这病的,悬(多)了。都是孩子生少了,过去七八个生,哪有这事?"我也只是到了这里才吓一跳:没想到会有这么多病人这么多年轻的病人。用病友话讲:"像感冒一样稀松,太多了!"据世界卫生组织统计,乳腺癌如今成为女性第一杀手;中国患者低龄化趋势严重,百分之五十六为绝经前女性;城市妇女大约每二十至三十五人中就有一人患这病并以每年百分之三四的增长率上升,迫使政府于2010年3月正式启动"中国乳腺癌呵护行动"——身在其中,常常想说:女人啊,你的名字叫不幸!回顾这一生三次住院,全与女性有关;原以为绝经后该有自在的生活,不期这灾难又让你重返女人。好友乔凌看过《解读女人》后曾质疑我的"告别",回英国前她在机场打来电话:"你当真相信这一生可以告别女性吗?"告别是难的。女性生活与生命紧密交织在一起,竟以这种方式展示了"她"终生的魅力!

回顾1980年代"女性自我意识"觉醒,是我们这些知识人在为女人启蒙,身先士卒,与大众与他人与精神上的成长有关,自己仿佛先知。今天不同,启蒙从另一个方向不请自来,戴着死神的面具,来自身体来自女性的生命,逼迫我们面对自己。从来的女权运动总在强调观念和意志，相信"人定胜天"，力图与自然保持距离并极力与女性属性划清界限，不期"自然"会以这样残酷的方式自我呈现：顺者昌，逆者亡。还有我们的基本国策计划生育，成就在民族在社会，代价却在个人在女人：几乎每个成年女性都为之付出了巨大代价，长久将苦痛与病痛隐忍在心——是到了发出声音的时候啦！启蒙的质量来自有质地的生活真相。当我走出医院，仿佛新生：不贪生，却会更好地生活下去；不喧嚣，却不想对这件事保持沉默，因此写出这篇心得，企图为女性生命的尊严，为已经牺牲和正在牺牲的中国女人……呼唤社会正视女人用身体和生命换来的"成就"，对近一个世纪以来全球性的堕胎革命做深刻反省。

女权运动两百多年，新女权运动半个多世纪，从走向社会到在"社会性别"（gender）这里扎根——是回头寻找回路的时候了：回归自然，尊重身体，以"自然"的"生活"为起点重新开始。联想到《启蒙时代》，张旭东说那里面的女孩子先天地就是一种自然状态，安忆也承认"女性比较不那么虚无，她们很多活动都是附在物质上进行的"，因此她问"是不是精英就应该是个男性"？这里隐含着一个判断：所谓"精英"即革命第二代先天的虚无是非物质性的，女性因此成为他们走向现实生活的一个物质中介——由此看我们一代，不准确；恰恰是我们这里，反物质甚至反自然的革命行为在女性身上表现得更自觉更激烈更极端（如"铁姑娘"），因此更残酷。在我们这片土地上在政治运动中，女人从来就不是中介，而是一个终端：她们用平凡的人生为"革命"奠基，用自己的身体为"解放"开路，在背弃自然的方向上挑战人类存续方式的极限。所有革命队伍中的女人,无一不是面对身体和生命,在生死交接地带逐一完成了"她"的自我启蒙。往往,觉悟到了,却晚了,死神已经踏进门槛,逼她不得不向死而生——觉悟因此只在心里,成为隐私,凝结成"一个女人"无声的心灵绝唱。

这些年,许多出色的女性朋友先我而去:鲍晓兰(1949—2006)带着她的质朴和善良走了,留下诸多女性主义史学专论;鲁萌(1949—2006)带着断裂的哲思和升腾的理想走了,留下未竟的《萌萌文集》;黄婉玲(1959—2007)带着爽朗的笑声和欢快的舞姿走了,留下童话音乐剧《心花怒放》……我看她们像天上的恒星,她们却像美丽的流星那样,只在听说病的那一天似乎就"消失"了。还有社会活动家杰奈特·梅尔文(Janet Melvin,2002)、女权主义记者松井耶赖(2002)、学者作家苏珊·桑塔格(Susan Sontag,2004)……她们走了,都因为癌——我看汉字中"癌"是最丑陋的字,丑就丑在它的象形。作为一个死亡符号,它本身就是杀手,让人避犹不及。再看美丽、智慧、野心、理想、抱负……也都像杀手——但,如果生活中没有这一切,活着还有什么意思?我想念她们,就因为她们曾经美丽,智慧,有野心也有抱负,为这个世界为女人们做了很多事,因此虽死犹生。我相信,一个人的情感植根于她(他)所隶属的时代,与同时代人同生同在。当一代人如落叶纷纷飘零,那挂在枯枝上的孤叶是最不幸的,无论怎样表演,演出的都是悲剧——不如一同去了,任层林尽染姹紫嫣红叶落秋风,在灿烂的谢幕中将"生"的尊严进行到底。

最后想说的,是那个总在同一条跑道上奔跑、执著追求理想的姑娘舒拉:"像她这样年龄的孩子,总是那么执著地奔跑,就像前途有什么确定的目标似的。"(《启蒙时代》)张旭东对她全力奔跑的姿态印象深刻:"像雕塑一样,把一个抽象概念以美的、感性的方式固定下来了。这种内心的光明和奔跑的姿态,在当代中国意识史或心灵史上,标志着一个高点,而不是一个低点;一个亮点,而不是一个污点。它们代表了一种纯粹的内在性,一种纯粹的历史和道德的可能性。"将这段评价抄录在此,是因为它唤醒了我那早已被学术研究催眠过的自我意识,唤出了心灵深处的骄傲。我在舒拉奔跑的身影中看到了相似的身段,不同的是跑道:我和她从同一个起点出发,却总在越轨、越境、越界……数十年下来,一直在跑,已经将生命定格在倾身向前的姿态里,仿佛一尊"奔跑的雕像":

曾经　奔跑着的一个姑娘
今天　奔跑中的半老徐娘

从城镇到田野,从山林到海洋,五十多年奔波,半个多世纪的流浪,一口气不停歇,一分钟不怠慢,无数次跌倒了,却没有倒下——为什么?

为了向太阳、向远方
——还只是
为了成全一尊"雕像"?

放在过去,姑娘的回答一定是歌声:追逐阳光,像出山

的清泉在广袤的田野恣意奔流,用奔跑的脚步去开辟河床,要看江河究竟能壮阔到何等程度。而今,徐娘的回答是沉默:

像回流的深潭
在无垠的心海自由徜徉
用生命故事
将那欲跌未倒的身躯
铸造成就一尊
"奔跑"的雕像

桑柯草原

动笔于 2009 年 5 月术后:大连大学附属中山医院
成稿于 2010 年 6 月:"面朝大海,春暖花开"(海子语)

图书在版编目(CIP)数据

家国女人/李小江著. —南京:南京师范大学出版社,2012.3

(郁金香书系)

ISBN 978-7-5651-0671-2

Ⅰ.①家… Ⅱ.①李… Ⅲ.①散文集－中国－当代 Ⅳ.①I267

中国版本图书馆 CIP 数据核字(2012)第 026993 号

书　　名	家国女人
作　　者	李小江
责任编辑	张　莉
出版发行	南京师范大学出版社
地　　址	江苏省南京市宁海路 122 号(邮编:210097)
电　　话	(025)83598077(传真)　83598412(营销部) 83598297(邮购部)
网　　址	http://www.njnup.com
电子信箱	nspzbb@163.com
照　　排	南京理工大学印刷照排中心
印　　刷	江苏凤凰扬州鑫华印刷有限公司
开　　本	850 毫米×1168 毫米　1/32
印　　张	7.875
字　　数	171 千
版　　次	2012 年 3 月第 1 版　2012 年 3 月第 1 次印刷
印　　数	1－3 600 册
书　　号	ISBN 978-7-5651-0671-2
定　　价	24.00 元

出 版 人　彭志斌

南京师大版图书若有印装问题请与销售商调换

版权所有　侵犯必究